あんたで日常を彩りたい
I will inspire your insipid days
駿馬 京
Illustration by みれ

「初めまして。橘棗《たちばななつめ》さん——」
声をかけようと近づいて、
目の前の光景に圧倒された。

INDEX

Cover Design —— Kaoru Miyazaki(KRAPHT)

あんたで日常《せかい》を彩りたい

I will inspire your insipid days.

駿馬 京

Illustration by みれあ

Cover Design by
Kaoru Miyazaki (KRAPHT)

序幕

I will inspire your insipid days.

ぐっと力を込めて重たい屋上の鉄扉《てつぴ》を開けると、湿った強風がぼくを襲った。伸ばした髪が蜘蛛《くも》の巣《す》みたいに顔にまとわりつき、身につけたスカートがうごめくようにはためく。たまらず目をすがめる。ふたたび開いた視界のなかに、探していた人物の姿を認めた。

「はじめまして。橘棗《たちばななつめ》さん——」

声をかけようと近づいて、目の前の光景に圧倒された。思わず口をつぐむ。

赤く染まる夕日に照らされたその場に、大きなキャンバスとともに佇《たたず》むその人物。どこか生気を感じさせない、雪女じみた白い肌。髪は鴉《からす》の濡《ぬ》れ羽《ば》のように黒く、隙間から青い毛束が覗《のぞ》いている。ちらりと見える耳には絶壁の岩場のようにピアスが4つ並んでおり、紅色の陽光を受けてきらきらと存在感を示していた。

この学校の特性上、奇抜な格好の生徒はたくさんいるが、目の前の人物に見覚えはない。見覚えがない。その事実こそが、なによりも雄弁に彼女の特異性を示している。

けれど、その容姿よりも目を惹《ひ》いたのは、彼女がキャンバスに向き合う姿そのもの。こちらのことなど歯牙《しが》にも掛けず、一心不乱に絵筆をぶつけている。

過ごしてきた単調な人生のなかに、このような類《たぐい》の人間は存在しなかった。執念に突き動かされているような、衝動に身を任せているような……それでいてどこか楽しげで、しかしなぜか寂しそうにも見えて。どうにも形容しがたい魅力が詰まっている。

棒立ちのまま、絵を描く彼女を見ていたいとすら思った。まだ言葉すら交わしていないのに。

しかし当初の目的を思い返して、ぼくはふたたび口を開く。

「あの……同じクラスの花菱風音《はなびしかのん》です。このたびはお話があって参りました」

ぼくの声に反応した影が、ゆっくりとこちらを振り向く。

手には絵筆とパレットを握り、前のめりの姿勢のまま、からくりのようにこちらへ向き直る。まるで白磁の人形のような肌が目に入る。この場においてはじめて露《あら》わになった彼女の目元には白と赤を基調としたアイシャドウが引かれていて、より一層造りもののような造形に仕上がっている。そして、そのちいさな唇が「え」と母音をかたち作った。

しかし、返ってきた言葉はというと。

「ねえ。庭園の噴水なんだけど、ぶっちゃけ邪魔だと思わない？」

およそぼくの理解の範疇《はんちゅう》を超越していた。

ここは学生寮の屋上だ。格子状《こうしじょう》の手すりから少し身を乗り出せば、敷地内に広がる庭園を眺望できる。彼女が口にした『庭園の噴水』も、もちろん景色のなかに存在する。

ただし、邪魔かどうかと聞かれても、適切な答えはわからなかった。

「……えっ、と？」

特に関心がないので、なんとも言えない。

ズレた彼女の返答に、思わず間抜けな声をあげてしまう。

しかし目の前にいる女生徒——おそらく、ぼくが探していた人物である橘棗《たちばななつめ》さんは、ぼくの反応など気にもかけず、つらつらと言葉を続けていく。

「そもそも学生寮にバカでかい庭園があるのも意味不明。誰が使うのコレ。花粉とか虫とか気にならないのかな。いや、気にならないから使ってるのかな。ってことは女の子が虫を見て悲鳴あげるのって異性に対するアピールってことになるのかな。ねぇ、どう思う？」

どう思う？　と尋ねられたような気がするんだけれど気のせいだろうか。だと思いたい。

おもむろに視線を逸《そ》らすと、彼女が手をつけていたキャンバスが目に入る。

そこには確かに『庭園の噴水』を含む屋上からの展望風景が描かれていたのだけれど……しかし、背景は緑色に塗り固められており、対照的に芝生は紫色で彩《いろど》られ、その先に見える校舎は橙色《だいだいいろ》で染め上げられている。それらのオブジェクトがまるで魚眼レンズのように中央へと引き寄せられたかのごとく、ぐにゃりと折れ曲がって歪《いびつ》に配置されていた。

見たままを描いているわけではないらしい、という情報とともに、この絵の独特なタッチ、どこかで見たような……？　というかすかな疑問が脳内に浮かぶ。

しかし、ここで本来の目的を思い出し、ぼくは再確認のフローを挟んだ。

「橘《たちばな》さん……ですよね？」

すると、彼女はキャンバスの前に座ったまま再度口を開く。

「そうだよ。あたしは橘棗《たちばななつめ》。そういう共通理解があるものだと考えていたんだけど、もしかして思い違いだった？　さっきの質問は単なる声掛けじゃなくて純粋な疑問だった？」

この問答で察する。

聞いていた以上にヤバい人だ。見た目から受ける華美な印象とは正反対のズレを感じる。

あまりにも迂遠《うえん》な問いかけに、ぼくは距離感をはかりながら言葉を続ける。

「正確には、あなたが橘《たちばな》さんだという確信はすでにあって、念のため確認を取らせていただいた次第なのですけれど……」

「状況が把握できない。確信？」

「あなたの姿が記憶にないからです。わたくしは全校生徒の顔と名前を覚えていますから」

話を誇張したわけではない。

ぼくはこの朱門塚女学院《しゅもんづかじょがくいん》に通うすべての生徒の名前と容姿を把握している。そして、目の前の彼女を見たことがなかった。正確には、名前を知っているものの見た目は知らない。ゆえに消去法で彼女が目的の人物であると理解した。

ところが、またもやズレた回答が返ってくる。

「女子高生が好きなの？」

「どうしてそうなるんですか」

彼女の言葉をいなしながら、ぼくは持参したファイルを取り出しつつ続ける。

「単刀直入にお伝えしますが——橘《たちばな》さん、このままだと留年しますよ」

「そんなわけなくない？　学校に行ってないだけじゃん」

思いのほか橘《たちばな》さんは動じていなかった。

「校長からは『成果物さえ提出すれば登校しなくてもよい』って言質《げんち》とってるし」

「橘《たちばな》さんが特待生だとは伺っております。今回、登校の有無は関係ありません」

特別な人間が集まるこの学園において、さらに特別な待遇を受けている生徒。それが目の前でキャンバスに絵の具を塗りつけている女生徒である。事実として、彼女は入学以降、一度も教室に姿を見せていない。それでも伝えなければならないことがある。

「学園祭の出展物についての申請書。橘《たちばな》さん、まだ未提出ですよね」

「なにそれ？　初耳なんだけど」

「ですから、校長のおっしゃるところの『提出すべき成果物』とは、つまり『学園祭での出展物』というわけです」

「は？」

ポカンと口を開けて固まる橘《たちばな》さん。

「この学校——朱門塚女学院《しゅもんづかじょがくいん》の成績は、すべて学園祭の出展物をもとに決められます。出展物が無いと、評価の対象物が存在せず、問答無用で進級ができなくなります」

そこまで口にすると、突然、橘《たちばな》さんの相貌に動揺の色が浮かぶ。

「は？　え？　どっ、どっ、どっ、どっ、あっ、どっ」

「その申請は今日までとなっております」

「どっ、どっ、どういうこと？　あたし成績つけてもらえないってこと？」

さらに狼狽《ろうばい》をみせる。放つ言葉は輪郭を成しておらず、ただ衝動が音を纏《まと》って漏れ出たようなブレスだった。精巧につくられた美貌に濃厚な焦燥の色が浮かぶ。

彼女を落ち着かせようと、ぼくは白紙の書類——本来ならば教室で本人が受け取るはずだったA4用紙を手持ちの鞄《かばん》から取り出す。お互いの表情がはっきりと見える位置に立つと、彼女の面立ちがより鮮明になった。

思わず目を逸《そ》らしてしまう。理由は単純。自分よりも造形の整った人間に出会ったことが無かったからだ。ぼくはあさっての方向を向いたまま、キャンバスの側《そば》に佇《たたず》む彼女に近づき、A4用紙を差し出す。

「……これ、申請用紙です。記載していただければ、その足でわたくしが担任に届けますので」

「わ……わかった」

そう言って、橘《たちばな》さんは明らかに慌てながらも受け取る仕草を見せたのだが、腕に装着していたパレットが外れて、あろうことかこちらに飛んでくる。

ぺたり、と間抜けな音。色鮮やかな絵の具がぼくの衣服と肌を染めていく。

数秒ほど沈黙が場を支配したところで、膠着《こうちゃく》状態を打破したのは橘《たちばな》さんだった。

脇に置いてあった布巾を引《ひ》っ摑《つか》んで、ぼくの服に擦《こす》り付《つ》けてくる。

「あの、橘《たちばな》さんっ！」

「乾く前に拭き取らないと。ごめんね」

「いえ、そうではなく！　これだと逆に汚れが広がってしまいます！」

彼女の対応は、たしかに理に適《かな》っていた。

ただ1点、使用したのが絵筆を拭う濡《ぬ》れ布巾《ぶきん》だったことを除けば。

「あっ」

橘《たちばな》さんはハッとして、しだいに困惑をあらわにする。

「あの、えと……どうしよう……あたし……」

混乱と狼狽《ろうばい》が手に取るようにわかった。

どうしたものかと考えつつ、ぼくはため息混じりに告げる。

「お気になさらず」

だからというわけではないけれど、淡々とぼくは答えた。さきほどから平常心を無くしているだろう彼女を、これ以上動揺させたくなかったからだ。

橘《たちばな》さんはきょとんとした顔でこちらに視線を向ける。

「……怒らないの？」

「怒りませんよ、怒るタイミングを逃しましたので」

「あたしのこと、鬱陶しいとか思わない？」

「思いませんよ。まだあなたのことを深く知らないので」

「……なにそれ。そんなことある？　それじゃ、まるで」

彼女がはじめて相好を崩す。

「あんた、あたしの救世主みたいじゃん」

「どういう意味ですか？」

「あたしが高校生をするためのチュートリアルキャラみたいってこと」

「本当になに言ってるんですか⁉」

これが、迂遠《うえん》で、面倒で、天然で、シニカルで、不登校な天才少女──橘《たちばな》棗《なつめ》との邂逅《かいこう》。

ぼくはただ、与えられた理不尽な運命に抗《あらが》うことなく、平穏な学生生活を送りたいと願っていただけなのに、この出会いがすべてをぶち壊してしまった。

どうしてこのような事態になったのか。

ぼくは記憶を手繰り寄せながら思考を巡らせる。

第一幕「かくして」

I will inspire your insipid days.

1

「夜風《よかぜ》も知ってのとおり、我らが1年A組には、ひとりだけ不登校の生徒がいるよな？」

「いるね。いるのかどうか観測できないけど、名簿には載ってるね」

「相変わらずお前はややこしいやつだな。担任の私がそう言ってるんだから、いるの」

殺風景な面談室。ぼくと相対する教諭――花菱皐月《はなびしさつき》は、神妙な面持ちで語り始めた。

40デニールの黒タイツを纏《まと》った両脚を組み替えながら、こちらの表情をうかがう。

「ってわけで、頼むわ」

皐月《さつき》さんの突拍子もない言葉に、思わずぼくは額を押さえる。

「主語も目的語も定《さだ》かじゃない状態で、なにを頼まれろっていうのさ」

「不登校の同級生の部屋に赴いて、穂含祭《ほふみさい》の申請書を回収してこいって話だよ」

「いまので伝わるか！」

ぼくが声を荒らげると、皐月《さつき》さんは「しっ」と人差し指を自らの唇にあてがう。

「あまり大きい声を出すな。教師と生徒がただならぬ関係だと思われちゃまずいだろ」

「思われてたまるか。第一、ここは女子校でしょ」

「おいおい夜風《よかぜ》。先生として、ひとつ大事なことを伝えておくが……」

皐月《さつき》さんは懐《ふところ》から扇子を取り出し、開いて胸元を扇《あお》ぎつつ続ける。

「ありがたい神託として受け取っておけ。『ただならぬ関係』に性別は関係ねぇんだ」

「高校教諭が生徒に教えていいカリキュラムじゃないと思うけどな、神託」

神のお告げのことだ。

つまり、目の前でぼくになにか面倒ごとを押し付けようと画策する皐月《さつき》さんは自らを神様だとのたまっているわけだ。厄介この上ない。

傍若無人が服を着て歩いていると言っても過言ではない皐月《さつき》さんが言うのだから恐ろしい。子どものころから親族会議で顔を合わせるたび、ひどい目に遭わされてきた記憶が蘇《よみがえ》る。

「穂含祭《ほふみさい》は、うちの学校――朱門塚女学院《しゅもんづかじょがくいん》で7月におこなわれる学園祭だ。生徒全員がなんらかの作品を出展し、それが1学期の学業成績として評価される。成果物の種類は問わない。映画、演劇、MV、写真集、絵画、演奏、彫刻……と、なんでもござれ。表舞台に立たずとも、共同作業者として名前がクレジットされていれば、なんだって評価対象になるわけだ」

「誰に向けてのものかわからない、詳細な説明をありがとう」

いち生徒であるぼくにとっては何度聞いたかわからない内容だ。

皐月《さつき》さんはそれでも続ける。

「ただし、展示スペースや来場者の動線の確保のために申請書の提出がマストになる。申請を出さなければ当然、学園祭に出展物が飾られることも、舞台の出番が回ってくることもない。よって成果物を発表することは叶《かな》わない。となれば……どうなる？」

「……一発留年」

「大正解。必然的に、申請書を提出できていない不登校児は否応無《いやおうな》しにダブりまっしぐら」

「つまり用件は、ぼくが直接そのクラスメイトのところに赴いて申請書を渡した上で、その場で必要事項を記入させ、回収して戻ってこい……ってことだ」

「よくわかってるな、さすが夜風《よかぜ》だ、えらいぞー」

「頭を撫《な》でようとしないで。髪が崩れる」

ぼくが手をはねのけると、皐月《さつき》さんはふたたびソファに腰を下ろして語りはじめる。

「なんだよー、女子高生みたいなこと言うじゃん」

「女子高生じゃなくても嫌がるよ」

皐月《さつき》さんはむすっと頬を膨らませる。

「うちの学校って特別だろ？　ありえねぇくらいにバカ高いハードルを越えた、選ばれし精鋭たちが全国各地から入学してくるんだぜ」

「まだ話が見えないんだけれど」

「だからな？　そんなふうに才能に満《み》ち溢《あふ》れた将来有望な女子高生がさぁ。日の目を見ないまま消えていくなんて無体な話だと思わねぇか？」

「前置きはいいよ。本当のところは？」

ぐしゃぐしゃにされた前髪を手櫛《てぐし》で直す。わざわざ放課後に呼び出され、面談室に連れてこられたのだ。さぞ重要な理由が隠れているのだろう。皐月《さつき》さんとは子どものころからの付き合いだから、ある程度の意図は察知できる。

「いいか。朱門塚《しゅもんづか》で、クラスから留年生を出すと……どうなると思う？」

「どうなるの？」

皐月《さつき》さんはぼくの目をじっと見つめながら、神妙な面持ちでこう言った。

「担任教師《わたし》が校長にめちゃくちゃ詰められるんだ」

そんなことだろうと思った。

「ご愁傷さまです。それでは失礼──」

言い捨てて席を立とうとしたところで「ふぎゅっ⁉」視界がぐるんと一回転し、その直後、したたかに尻を床に打ちつけた。足払いをかけられたらしい。鈍痛と屈辱に顔を歪《ゆが》ませながら皐月《さつき》さんを睨《ね》め付けると、まるで悦に浸っているかのような表情で見下ろされる。

「おいおい、なんだそのかわいい般若《はんにゃ》みてえな形相は。デペイズマンを感じるぜ。かわいいと般若《はんにゃ》って対義語みてえなもんだからなぁ」

「よくわからないことをしゃべりながらマウント取らないで」

「お前はマジで変わんないな！　子どものころと同じでかわいいままだ！」

「だから頭を押さえないで。髪が崩れる」

念のため明らかにしておくと、この担任教師――もとい皐月《さつき》さんはぼくの従姉《いとこ》にあたる。

ぼくたち花菱《はなびし》一族の名前には『風』『鳥』『月』のうちいずれかの1文字が含まれていて、どの漢字が与えられたかによって本家なのか分家なのかが判別できるようになっている。

いつ決められたものかは知らないけれど、受け継がれている家風。『風』の字を持つ花菱《はなびし》宗家のぼくと『月』の分家出身である皐月《さつき》さん。純粋な関係性だけ見ればぼくのほうが上の立場にあるのだけれど――諸般の事情により、やや例外的な立ち位置になっている。

それもこれも、すべては皐月《さつき》さんの奔放さに起因しているのだが。

「なぁ夜風《よかぜ》ぇ、頼むよぉ。お前はこういうのに適役なんだよぉ」

「ひっつかないで。懇願しないで。どうしてぼくが適役なのかを説明して」

「伝聞の解像度は高いほうがいいじゃん？」

皐月《さつき》さんが揺らめく海藻のようにしなだれかかってくる。

「夜風《よかぜ》なら、どんな人間なのかすぐに特徴を覚えられるだろ」

「また大事な部分を抜かしてる。はっきり言ってくれていいよ」

諦念を含んだ言葉を投げ返すと、皐月《さつき》さんは衝撃の事実を口にした。

「私も直接会ったことがないんだよ、不登校の生徒——橘《たちばな》棗《なつめ》って子なんだけどさ」

思わず口籠もってしまった。

そんなことあり得るの？

「……会ったことがないって。担任じゃなかったっけ？」

「なにせ特別な子だから。事前面談なんかにも関与してねえし」

「ここにはそもそも特別な生徒しか集まってないでしょ？」

「そういうんじゃなくてな。レベルが違うっつうか」

すこし間を置いてから、皐月《さつき》さんはこほんと咳払《せきばら》いをして続けた。

「橘《たちばな》棗《なつめ》は特待生。つまり朱門塚女学院《しゅもんづかじょがくいん》が直々に声をかけて入学してもらった生徒ってわけ」

「…………………」

「わかるよ、私も同じ顔になった。ビビるよな」

さきほど皐月《さつき》さんが話していたとおり、朱門塚女学院《しゅもんづかじょがくいん》は特別な学校だ。芸術や芸能の分野に特化した特殊なカリキュラムを確立している学校法人で、多数の芸術家や芸能人を輩出してきた、国内有数のクリエイター養成学校である。

そんな朱門塚女学院《しゅもんづかじょがくいん》が、直々にオファー？

「橘 棗《たちばななつめ》を朱門塚《しゅもんづか》に招いたのは校長なんだわ。学生寮への入寮手続きも特別に手配されてる。めっちゃわかりやすく言えばＶＩＰ扱いだな。上位レイヤーで丁重に扱われて、新入生として朱門塚女学院《しゅもんづかじょがくいん》にやってきた天才中の天才ってわけ。特待生は生徒のレベルを底上げするためにスカウトされるわけで、穂含祭《ほふみさい》での上位入賞を求められるけど、問題なくクリアできる人材だろうな」

込み入った大人の話はわからないけれど、少なくとも異常事態だということはわかる。

朱門塚女学院《しゅもんづかじょがくいん》は限られた特別な人間しか入学を許可されない。聳《そび》え立《た》つヒエラルキーの頂点に居を据える、閉ざされた乙女の花園なのだ。

どういう人材なのだろう。想像すらできない。

「……そんなに優秀なら、申請書にかかわらず特別扱いすればいいのに」

「だよなー。そうなんだよなー。でも悲しいかな、これが社会人の辛《つら》いところでさぁ。入学までは特別待遇、でも入学してしまえばただの生徒。評価軸は他の生徒と同じ。いや、評価軸を一定にすることに意味があるわけ。私の身にもなってみろよ、いきなり特別待遇の子の面倒を押し付けられたようなもんだし。貰《もら》い事故《じこ》みたいなもんだろ」

「面倒ごとを生徒《ぼく》に押し付けて、成果を中抜きしようとしている悪徳教師が言わないで」

「夜風《よかぜ》にも社会の厳しさをお裾分けしようかなと思ってさ」

「お裾分けの意味、辞書で引いたことある？　他人から貰《もら》った品物や利益の一部などを、友人や知人に分け与えることだよ」

「相変わらず記憶力がいいなお前は」

「いまは関係ない」

聞いた限りではぼくにメリットがないし、コンテクストが破綻している。

「むしろ『道連れ』の間違いじゃないの？」

「世は情け、って言うじゃん？」

「ぼくが旅をしていないと文脈が成立しないでしょ……ほかにも文句はたくさんあるけどさ」

「おう、なんでも言えよ。聞き流してやるから」

「だと思ったからもうなにも言わない。このひとでなし」

ぼくは大きく嘆息しながら、疑問を述べた。

「学生寮は基本的にふたり部屋だったはずでしょ。となれば、その人……橘《たちばな》さんにもルームメイトがいるはずじゃん。どうしてわざわざぼくを経由するのさ」

「辞めたんだよ」

「はい？」

「学校辞めたんだよ、橘棗《たちばななつめ》のルームメイト。だからふたり部屋にひとりで住んでる」

「まだ入学して2ヶ月しか経《た》ってないのに？」

「そうだ。ま、朱門塚《しゅもんづか》では珍しいことじゃねぇけどさ」

「……そっか」

「理由は聞かねえんだ？」

「べつに。学校に通う理由も、辞める理由も人それぞれでしょ、もっとも――」

すこしだけ間を置いて、ぼくは続けた。

「――少なくともぼくは、望んで朱門塚《しゅもんづか》に入学したわけじゃないけれど」

こちらの言葉に、皐月《さつき》さんは少しだけ眉を顰《ひそ》めるような仕草を見せたが、すぐに元の口調に戻る。

「それなー。つっても、宗家が決めたことなんだから、私にはどうすることもできねえわ」

「どうにかしてほしいわけではないし、どうにかなるとも思ってないけどさ」

ぼくはため息混じりに主張した。そもそもぼくが述べたいのは、花菱《はなびし》家の妙な因習に対する不満ではなく、皐月《さつき》さんの行動に対する指摘なのである。

「だからって、ぼくを無理やり学級委員長に指名して小間使いにするのは職権濫用でしょ」

「わかる。ひでー話だよな」

「あなたに言ってるんですけど⁉」

「へー。意外だなぁ」

「心がこもってないにも程がある！」

こちらの主張を軽く受け流しながら、皐月《さつき》さんは脇に置いていたファイルから1枚の紙切れを取り出す。ぜんぜん抗議が利《き》いていない事実が不変の未来を見せつけてくる。

毒づいたところで結論は変わらない。すべてを受け入れるしかないのだ。

朱門塚《しゅもんづか》の学生寮はフロアが学年ごとに分けられているので、橘《たちばな》さんの部屋も同じ階に存在するはず。直接訪ねて書類を渡せばいいだけの簡単なミッションだ。

「……ぼくはなにごともなく、穏やかに卒業したいだけなのに。どうしてこうなるの……」

「あっはっは。その見た目で平穏は無理があるだろ」

「ぼくが完璧な女子高生を演じているのは、ぼく自身がいちばんわかってるよ」

これ以上面談室に長居する必要もない。立ち上がり、出口へと向かう。

「よろしくな、朱門塚女学院《しゅもんづかじょがくいん》高等科1年生の花菱風音さん」

ぼくはため息混じりに「はいはい」と返事をする。

去り際に、皐月《さつき》さんがぽつりと漏らした。

「お前もさ……友達、できるといいな」

足を止めて振り返るが、皐月《さつき》さんは「べつに？」とあさっての方を見る。

思わせぶりな態度を受けて、ぼくの心の中の悪戯心《いたずらごころ》に火がついた。

「ところで、皐月《さつき》さん。さっき、脚を組み替えたときに見えたんだけれど」

「んあ？　見えたぁ？　……あーあ、見ちゃったか。やっぱり夜風《よかぜ》も中身は年頃のおと——」

「タイツ。内腿《うちもも》のところ伝線してるよ。ちょっと太ったんじゃない？」

2

そうしたやりとりの末、皐月《さつき》さんから全速力で逃げた結果、学生寮の屋上で橘棗《たちばななつめ》と出会って……そして盛大に衣服を汚されたわけなのだが、さらなる非常事態が発生していた。

どうして橘《たちばな》さんまでぼくの部屋についてくるんだよ。

「ここ、わたくしの部屋なのですが……」

「状況から考えるとそうだね」

「状況から考えないと理解できませんか？」

まるで自室にいるかのように寛《くつろ》ぎはじめた橘棗《たちばななつめ》に向けて疑問を呈する。

「ご自身の部屋に戻られてはいかがでしょう」

「あたしが書いた申請書を誰が先生に届けるの？」

ここでぼくは返す言葉が見つからず黙ってしまった。

「それに、あんたの身体《からだ》を汚したのはあたしだから、なにかお詫《わ》びがしたいし」

「気にしないでください。いえ、気にしないでほしいのは本当ですが、別の方法で誠意を見せてください」

「誠意ってどんな形してる？　あたしにも描けるかな？」

「会話にならないッ！」

これが特別な学校の特待生か。別の生き物とコンタクトしているかのようだった。ぼくは絵の具で汚れた服を脱ぎながら、ベッドの上にちょこんと座る彼女に言い放つ。

「わたくしはこれからシャワーを浴びます」

「浴びればいいじゃん」

「あえて指摘させていただきますが、部屋から出て行ってほしいです」

「このまま自分の部屋に戻ったら、たぶん申請書のこと忘れて液タブかキャンバス触っちゃうから。あとボールペン探すのめんどい。散らかってるし」

開き直られてしまった。どういう理屈なんだよ。脳裏に浮かんだのは諦念だった。

「……あまり部屋のなかを物色しないでくださいね」

「さすがにそんな不躾《ぶしつけ》なことはしないよ。それにしても広い部屋だね」

「感覚の問題では？　寮の部屋はすべて同じ間取りのはずですよ。ひとりで住んでいるぶん広く感じるのは納得ですが、それは橘《たちばな》さんも同じはずでは？」

「……ああ、それ。あたしは……うん、そうだね。そうかも？」

とたんに口籠もる橘《たちばな》さん。

皐月《さつき》さんからの情報によれば、彼女のルームメイトはすでに退学してしまっている。すこしばかり表情を曇らせているのは、その退学理由に関連しているのかもしれないが、詳しい事情を知らないぼくがなにを察せるでもないし、わざわざ探るつもりもない。

「では、おとなしく待っていてください」

諦めるのには慣れている。肩を落としながら、ぼくはバスルームへと向かった。

アンダーウェアを脱ぎ、続いてすっかり穿《は》き慣《な》れてしまったスカートと下着を下ろす。一糸纏《まと》わぬ姿で浴室に入ると、姿見にありのままのぼくが映し出された。

だいじょうぶ。どこからどう見ても可愛《かわい》い女の子。今日も完璧に女子高生だ。

幸い、石鹼《せっけん》で身体《からだ》を洗うと絵の具は落ちていった。それほど心配してはいなかったけれど、万が一、色素が沈着してしまうとさすがに困るからね。

ついでに髪も洗ってしまおう。伸ばしているぶん、乾かすのに時間がかかるけれど、身なりを清潔に保つのも重要。他人に見られる部位から違和感を消し去ることが秘訣《ひけつ》である。

シャンプーでしっかりと頭皮の汚れを落として、トリートメントを出そうとした瞬間、すこっ、すこっ、とディスペンサーが間抜けな音を立てた。

「……………………はぁ」

思わずため息。中身が切れている。独立洗面台の収納棚にストックしてあったはずだ。ぼくは当然の帰結として、真《ま》っ裸《ぱだか》のままバスルームの扉をガチャリと開けて――。

橘《たちばな》さんと鉢合わせした。

「…………え？」

「あ？」

目をしばたたかせて再確認する。

ばっちりと目が合った。橘《たちばな》さんと鉢合わせしている。

あられもない格好のまま。

「ああ、洗面台借りるね。もう借りてるけど。でも洗面所借りてもいい？　って聞いてもどうせ断らないだろうから事後承諾でいいよね。というか洗面所ってどうやって返すんだろう。というかこの部屋って学校のものだから承認を取る相手は学校になるのか。めんどいな」

「…………」

「どうしたの？　なんか取りたいの？　バスタオル？　ああ、でもここあたしの部屋じゃないし、どこにあるかわかるわけないか」

「…………」

「あと、本棚に置いてあったあれ、なんだっけ。伝統舞踊の教則本みたいなやつ。作画の参考になりそうだから勝手に読んでるけど、ダメだったら言っといて。もう読んじゃったけど」

そして橘《たちばな》さんは、なにごともなかったかのように立ち去っていく。

「…………………」

見られたよねえ？

「…………み、み」

一気に顔が熱くなる。

見られた。

同年代の女性に、自分の裸を見られた！

誰にも見せたことなかったのに！

「み……み……見たよねぇっ⁉」

ぼくが思わず声を荒らげると、部屋の奥から「わぁ、びっくりした」とぜんぜんびっくりしてなさそうな反応があった。

ぼくはバスタオルを身体《からだ》に巻きつけ、滴《したた》る雫《しずく》を拭うまもなく生活空間に躍り出る。

「見た、よね……？」

「なにが？」

なんて白々しいんだ。とぼける気か。なにごともなかったかのように押し通して、ほんとうになかったことにしようとしているのか。だとすれば沈黙こそが正解となるわけだけれど。

「ああ、性器のことか」

「生々しい表現しないで！」

喉の奥に声がつっかえて適切な言葉が出てこない。というかこの状況における適切な言葉っていったいなんなんだ！

「気にすることでもないんじゃない？　昔の彫刻なんてモロに出てるじゃん」

「そういう問題じゃない！」

「裸婦画とか見たことない？」

「論点が迷子！」

「はあ？」

「そうじゃなくて！」

胡乱《うろん》げな視線を送ってくる橘《たちばな》さんに、ぼくは吠《ほ》えた。

「ぼくの性別に気づいただろ！」

朱門塚女学院《しゅもんづかじょがくいん》高等科1年生、花菱風音《はなびしかのん》——それはぼくの仮の姿。

本来のぼくは15歳の男子、花菱夜風《はなびしよかぜ》。

もちろん、ぼくが置かれている環境は、ぼく自身が望んだことではない。

だからこそ、ぜったいにバレてはならないのだ。

どうしてこんなミスを……と、事実を知られてしまった絶望に苛《さいな》まれる。

しかし。

「なんだ、そんなことか。男だってことははじめからわかってるよ」

些細《ささい》なことだとでも言わんばかりに彼女は言う。今度はぼくが疑問を呈する番だった。

「……はじめから？」


「骨格を見れば一発じゃん」

橘棗《たちばななつめ》の言い放ったこのひと言に、ぼくの意識は猛スピードで現実逃避を開始した。


──さて。

ぼくの家、花菱《はなびし》家の話をしよう。

古くから独自の日本舞踊を受け継いでいるのだけれど、世間一般で知られる伝統芸能──たとえば歌舞伎や能などがそうであるように、ひとくくりに伝統舞踊と言ってもほかの種別とはまったく異なる独自の文化体系を持っている。

もっとも特徴的なのは、完全なる女系一族であること。

つまり、花菱《はなびし》家の当主は代々女性が継承しているのだ。

そして──次期当主の座には、ぼくの姉が就く予定となっていた。

もとはと言えば、この朱門塚女学院《しゅもんづかじょがくいん》には姉が通うはずだったのだ。

当然である。生徒の自主性を重んじ、あらゆる芸能、芸術の発展に貢献すべく設立された特殊な教育機関がこの学園だ。伝統舞踊の次期当主が通うこと自体には、なんの不自然さもない。

しかし、あるとき姉はあっけらかんとこう言い放ったのだ。

『舞踊？　やらないよ、そんな辛気くさいこと。家なんて継ぐ気もないし。あたしは硬派に生きるって決めたの。中学を卒業したら海外を回るんだ』

はじめは頭のネジがぶっ飛んだのかと思ったけれど、後々その認識が間違っていたことに気づく。まさか本当に海を渡るなんて思わなかった。ぼくを含め、姉を知る誰もが。

ぼくの姉——正確には、ぼくの二卵性双生児の片割れの名前は、花菱風音《はなびしかのん》という。

中学校を卒業したとたん、『んじゃ後はよろしく』と言い放ち、バックパックひとつ抱えて屋敷を飛び出したとんでもない女、花菱風音《はなびしかのん》。もともと破天荒な気質は見え隠れしていたけれど、ここまでの奇行は無かった。

しかし、話はここで終わらない。

極限までテンパった花菱《はなびし》家のお歴々は『由緒《ゆいしょ》正しい舞踊の次期家元が、国内随一の芸能高校への入学をすっぽかす』という珍事態をなんとか隠そうと親族会議を開いた。

導き出された結論はこうである。

『花菱風音《はなびしかのん》の双子の弟である花菱夜風《はなびしよかぜ》を、代役として入学させる』

繰り返すが、花菱《はなびし》家は完全なる女系一族である。

当然ながら、男性よりも女性のほうが優位な立場にある。

花菱《はなびし》家に生を受けた女子は幼少期から徹底して舞踊のなんたるかを叩《たた》き込《こ》まれる。一方、男子は基本的に放逐され、親との交流はほぼ断絶。親族の集会にも参加しない。

ゆえに『姉の代わりを弟がやれ』は、花菱《はなびし》家においては理不尽が通ってしまう。

そして幸か不幸か、ぼくは風音《かのん》の片割れとしてこの世に生まれ落ちてしまった。

子どものころ、風音《かのん》と行動をともにしていたことで『女の子らしい所作』を見て、覚えて、勝手に身につけてしまっていたのも、この無謀なプランの実現可能性を高めてしまったのだ。

かれこれ2ヶ月の間、ぼくが女子高生として学生生活を送れてしまっている事実が、完璧な擬態の証左。ここまでバレないと逆に焦燥感が出てくるなぁとすら思っていた。でも——。


「なるほど。つまりあんたの本名は花菱夜風《はなびしよかぜ》で、花菱風音《はなびしかのん》は朱門塚女学院《しゅもんづかじょがくいん》における通り名で、花菱《はなびし》さんの家は伝統舞踊を代々受け継ぐ由緒《ゆいしょ》正しい名家で、あたしと同い年の男だと」

ひとしきり情報を共有したあと、橘《たちばな》さんは表情ひとつ変えずにそう言った。

ふたたび、こちらから切り出す。

「…………いつわかったの？」

「変な言いかたをするよね。はじめからわかってるってば。骨格見ればわかるって。手首とか首筋をうまく隠してるけど、そういうの逆にわかりやすいし」

こちらの問いに、あっけらかんと言い切る橘《たちばな》さん。

心のなかで、積み上げてきた自信が音を立てて崩れていく音がした。

「……交換条件は？」

混乱する思考を押し殺しながら伺いを立てる。

「交換するの？　なにを？」

「とぼけないで。ここは女子校で、ぼくは男性で、それを周りに知られるわけにはいかないんだ。事情があるから。だから、橘《たちばな》さんには黙っていてもらう必要がある」

「心配しないでも他言しないけど？　信用できない？」

「むしろ、さっき知り合ったばかりの人間に全幅の信頼を置けるわけないでしょ！」

「なるほど、そういうものかぁ。それじゃあ――」

提示された条件に、ぼくは首を縦に振るほかなかった。

3

橘棗《たちばななつめ》との攻防から数十分後。ぼくはふたたび教員室を訪れていた。

回収した申請書を見せると、皐月《さつき》さんは開口一番に「マジか！」と飛び跳ねて喜び、ぼくの手から紙っぺらを引ったくる。

「おかげさまで、校長にガン詰めされる未来が消えたよ。助かったぜ」

「よくこれまでお説教を回避し続けながら教職生活を送ってたね」

「上層部からの『怒られ』が発生する気配を感じ取って、あらかじめ火元を絶っておくのも立派な社会人スキルなんだよ」

「皐月《さつき》さん、社会に出てからそんなに時間経《た》ってないでしょ」

「大学卒業後すぐに教職に就くのを『社会に出た』とカウントできるかは疑問だがな」

「返答に困る自虐を語らないで」

ぼくの苦言など気にも留めず、皐月《さつき》さんは手にした申請書に目を走らせて内容を確認し、

「おおん?」

と、怪訝《けげん》そうな表情を浮かべた。

「これ、マジで橘棗《たちばななつめ》が書いたの?」

「なにか不備でもあった?」

橘《たちばな》さんがペンを走らせていた際、ぼくはその内容を注視していたわけではない。よって彼女がどんな内容で申請をしているのかは知らない。

しかし、皐月《さつき》さんの反応から察するに、予想に反する要望が記載されていたのだろう。

「ふうん……まぁいいけどさ。大ホール使うんだなぁ。天才の考えることはわからねぇな」

朱門塚女学院《しゅもんづかじょがくいん》の敷地には、生徒が自由に利用できるスタジオやアトリエがいたるところに設《しつら》えられている。基本的に生徒の音楽や演劇、ダンス、舞踊などの練習に使われているのだが、これとは別に、発表用の演舞場や舞台なども存在する。

そうした設備のなかでもとりわけ大きなキャパシティを持つのが大ホールで、在校生を全員収容してもなお座席が余るほどの規模を持っている。入学式もここでおこなわれた。

「ところで皐月《さつき》さん、もうひとつ言わなきゃいけないことがある」

「うーん？」

ふむふむ、と書類に目を通す皐月《さつき》さんに、ぼくは重大な申告をする。

「橘《たちばな》棗《なつめ》にバレた」

「なにが？」

「ぼくの性別が」

「……なにが？」

「だから、ぼくの性別が」

「……性別が？」

「この問答にこれ以上のバリエーションは無いよ。橘《たちばな》棗《なつめ》にぼくの性別がバレました」

ひと息に言い切ると、皐月《さつき》さんは石像のように硬直した。

ちりちりと小さな燃焼音を響かせながら、タバコが短くなっていく。

やがて、灰がポロッと落下すると同時に、呼吸を整えてから。

「なんで？」

当然のごとく、疑問を投げかけてくる。

「ひと目で見抜かれた」

率直に答えると、皐月《さつき》さんは目を眇《すが》める。

「嘘《うそ》つけ」

「嘘《うそ》をつく必要があると思う？」

「いやいや、笑い話じゃねえじゃん」

「ぼくが笑ってるように見える？」

「屁理屈《へりくつ》はいいんだよ！　えっ？　なんで？　意味わかんねえんだけど!?　橘棗《たちばななつめ》はお前のどこを見て男だって判別したんだよ！　声は……違うよなぁ。夜風《よかぜ》、声変わりしてないし」

「したよ！」

地声が高いままなのは認めるが。喉仏が出ていないのは体質の問題である。

皐月《さつき》さんは「はぁ……」と大きくため息をついて頭を抱える。

「にわかには信じられない話だよなぁ。マジかよ」

「このことは他言しないようにちゃんとお願いしてある。信頼できるかどうかはわからないけれど、言いふらすような真似《まね》をして彼女にメリットがあるとも思えない」

「つうか、橘棗《たちばななつめ》は教室に来ねえからなぁ。ずっと部屋に籠もってるだろ」

「吹聴する相手がいない……という考えかたもあるとは思うよ。でも念のため、事実の隠蔽に協力してくれるならばそれに足るだけのお願いごとを聞く、っていう約束も取り付けた」

「して、その内容は？」

「橘《たちばな》さんの学校生活のサポート。今回みたいに、必要な提出物があればぼくが橘《たちばな》さんに仲介するし、そのほかに食事の準備とか、部屋の掃除とか……まあ、いろいろと」

「それ小間使いじゃね？」

「家事は実家のお屋敷で毎日こなしていたから、別に苦じゃないけど……というか、立場を利用してぼくを雑用係にしているのは皐月《さつき》さんも同じだからね？」

「あーあー聞こえません」

「悪い大人だ！」

「つまりアレか。夜風《よかぜ》は橘棗《たちばななつめ》のサポートキャラになるってことか」

「橘《たちばな》さんはチュートリアルキャラって言ってたけど……違いはわからない」

「ふうん……なるほどなぁ」

そのまま自身の後頭部に両手を回して、皐月《さつき》さんは中空を見上げながらつぶやいた。

「……やっぱ、入学時点ですでにクリエイターとして知名度持ってるバケモンは、ふつうの人間とは違う感覚器官でも持ってるのかねぇ」

「入学時点で？　どういうこと？」

「あっ」

しまった、といった表情で口元に手をやる皐月《さつき》さん。

「いや、なんでもない」

そのトーンでなんでもないわけないだろ。

直感が告げる。

ぼくはずいっと身を乗り出し、瞬時に瞳を潤ませて、上目遣いで皐月《さつき》さんに催促した。

「詳しく教えて」

「顔が近《ちけ》ぇ！　……あー！　もう。しゃあねえなぁ！」

がしがしと頭を掻《か》きながら、投げやりな調子で皐月《さつき》さんは教えてくれる。

「『夏目《なつめ》』ってわかるか？　サマーにアイで『夏目《なつめ》』。橘棗《たちばななつめ》の筆名なんだわ」

夏目《なつめ》。

その瞬間、これまでに得た記憶が、ひとつなぎの映像のように脳内で結合した。

「だから、スケッチブックの絵に見覚えがあったんだ……」

点と点がつながると、膨大な記憶の間に線分が生まれていく。

「『夏目《なつめ》』は朱門塚女学院《しゆもんづかじよがくいん》の特待生。彼女が円滑に学生生活を送り、秀作を学園に提供し、他の生徒にインスピレーションを与え続けながら『卒業する』ことに、なによりも大きな意味がある特別な生徒だ……正直、めちゃくちゃ扱いが難しいんだよなぁ。ただ、どんな経緯であれ、夜風《よかぜ》との間につながりができたのは幸運で……」

皐月《さつき》さんはタバコの紫煙を吐きながら、

「あれ……待てよ？」

ニヤリと口角を吊《つ》り上《あ》げながらつぶやく。

「好都合かもしれねえな」

不穏な表情に、ぼくは言葉を差し挟むのを躊躇《ちゆうちよ》した。

どうせ、なにかとんでもないことを考えているに違いない。

そしておそらく、ぼくは……もたらされる事象を回避できないのだ。

4

顔も姿も表に出さない謎多き画家。数多くのファンを抱えながら、年齢も性別も不詳。

SNSのアカウントに、コンスタントに作品を投稿し続ける人物——それが『夏目《なつめ》』。

あまりにも刺々《とげとげ》しく、痛々しい風刺が特徴の作風で、社会に蔓延《まんえん》する痛みや辛《つら》さを独自の視点から鋭利に切り取る新進気鋭のクリエイターとして、いつしか世間に浸透した。

代表作に『宿痾《しゅくあ》』という作品がある。

大きな人力車の車輪。その中心に人間の苦悶《くもん》に満ちた顔がいくつも描かれていて、その周囲にはばらばらになった手足が取り付けられている、グロテスクな絵画だ。

車輪は大きな炎《ほむら》を纏《まと》っており、今にもごろごろと転げ回りそうな雰囲気を醸《かも》している。

なにより異質なのは、人力車の支木《しもく》を掴《つか》んで引いているのがスーツ姿のサラリーマンであること。梶棒《かじぼう》の枠の中にギッシリと詰まったスーツ姿の人間たちが、コピー&ペーストのような無表情で車輪を動かしている。

人力車が進むのはビジネス街。高層ビル群や線路などが、絡《から》まったコードのように縦横無尽に巡らされていて、蛇がのたくったような形状になっている。

もともと数万のフォロワー数を持っていた『夏目《なつめ》』のSNSアカウントは、この1枚のイラストが大拡散されたことで世の中に知れ渡った。

この他、発表された作品は拡散されたり、バイラルメディアにまとめられたり、作品集というかたちで出版されたりと、さまざまな媒体で目にすることができる。

ほかにも、インターネット上で活動する著名なアーティストのMVにイラストを提供していたりと、絵画に造詣《ぞうけい》の深くない人間でも名前だけは知っている芸術家だ。

橘棗《たちばななつめ》との邂逅《かいこう》から数日が経過した、とある日の放課後。

ぼくはふたたび屋上を訪ねて、橘《たちばな》さんに話しかけていた。

「橘《たちばな》さんの絵を見たとき、どこか既視感を覚えた。どこで見たのかを明確に思い出せなくて考えないようにしていたんだけれど当然だった。既視感の正体は絵画のテイストで、描かれている絵そのものは初めて見たから」

「あたしは目に見えているものをそのまま写実的に描いているだけなんだけれど、他人からは新鮮なものとして映るみたいだね。たまに批評家じみた人たちがあたしの絵にいろんな解釈を付け加えることがあるけど、毎回『へえ、そんなふうに受け取るんだ』って思ってる」

「そんなにすごいクリエイターが、まさか同じ教室にいたなんて衝撃だった」

「教室にはいないけどね」

たしかに……と納得するしかない。

「あたしも女子校に男の子が紛れているなんて思わなかったから、衝撃が対消滅したかな」

「対消滅って、中和されてゼロになるって意味ではないからね」

「へえ、いいこと聞いた。この絵のタイトルは『対消滅』にしよう」

「適当にしゃべりすぎでしょ！」

会話にならない。

「あたしは真っ当な人間じゃないから、適当くらいがちょうどいいと思わない？」

「思わない？　と聞かれて答えられるほど橘《たちばな》さんのことを深く知らないよ」

「いいね。そのとおりだと思う」

「そっちから話を振っておいて勝手に納得しないで」

ぼくの言葉には反応せず、彼女はふたたびキャンバスに向かい合う。

描きかけの絵に意味を持たせるために。

しかし、橘棗《たちばななつめ》は——『夏目《なつめ》』は、きょとんとした表情で手を止める。

「さっき、すごいクリエイターって言った？　あたしのこと」

ぼくは端的に応じた。

「どう考えてもすごいでしょ。たくさんの人に知られているんだから」

「そっかぁ、あたしはすごいのか。そう見えるのか」

中空を見上げながら、彼女はぽつりとつぶやく。

「あたしからすれば、楽しく学生生活を送れる子たちのほうがすごいんだけどなぁ」

そう口にして筆を滑らせる。

「自分にできないことを他人がやってると『すごいなぁ』『才能あるんだな』って思うよね」

「橘《たちばな》さんも十分、周りにそう思わせてるだろ」

「そうなの？　周りに人がいないから知らなかった」

「返答しづらい……」

こちらの反応に、彼女は調子を崩さずに答える。

「たくさんの人にとって、学校っていうのはすごく便利なシステムだと思うんだよ。どんなに性格が悪くても、どれだけ生い立ちが荒《すさ》んでいても、一定の通過基準をクリアすれば学校には入れるでしょ。学校の下ではみんな平等。そのなかで人間関係のしがらみが出てくることもあるだろうけれど、そういった問題を包括した状態でみんなが学生として生活してる」

ぴたりと筆が止まった。

「けれど、たくさんの人が当たり前のようにできることが、あたしにはできない」

吐露するように言い捨てて、橘《たちばな》さんはふたたび手を動かし始める。

「ひとつ気になることがあって」

「なに？」

「『夏目《なつめ》』として知名度を上げたいま、わざわざ朱門塚女学院《しゆもんづかじよがくいん》に入学した理由は？」

「うーん」

彼女はキャンバス上の筆を止めずに答える。

「呼んでもらったからかな。中学生のころも学校行かずにずっと家で絵を描いてたからね。高校受験なんてぜんぜん考えていなかったけど、特待生として迎え入れますって誘われたら二つ返事でOKしちゃうよね」

「……それだけ？」

「それだけって？」

「橘《たちばな》さんは、学校がとても便利なシステムだと言ったよね。そして同時に、たくさんの人にとって当たり前にできることが自分にはできないとも言ったよね。それなのに、なぜわざわざ学校に入るという選択をしたのか、その理由がわからない」

適材適所という言葉がある。

彼女にとっては、ただ愚直に作品を公開し続ける場所――インターネットこそが、もっとも生きやすい環境なのだと思う。現に、そこで活動しているわけだし。

「そんなことかぁ。単純な話だよ」

こともなげに、彼女は続ける。


「高校生をやってみたかったから」


世間に知られる有名なイラストレーター『夏目《なつめ》』。

対して世に知られていないその正体は、同じ道を志す人間ならば誰でも羨むような立場を持つ女子高生、橘棗《たちばななつめ》。

秀《ひい》でた技量と独創的な世界観を持ち、他人とは一線を画した評価を受ける彼女の、それは誰も想像できないような願いだった。

「だからあんたは、あたしが円満に『高校生』できるように協力してね」

はじめて橘《たちばな》さんと出会った日、こんな提案を受けた。

『じゃあさ、あたしが他言しない代わりに、あたしが留年しないようにサポートしてよ』

内容だけ見れば脅迫である。

けれど、馬鹿馬鹿しいまでに横暴なその提案を、ぼくは即断で拒否できなかった。

『……その場合、ぼくが受けるメリットは？』

『あんたがあたしを受け入れれば、必然的にあたしもあんたを受け入れる。それじゃだめ？』

その言葉を受けて、率直に『いいな』と思った。

思ってしまった。

理由のひとつは、生まれてこのかた同世代の友人すらできなかったぼくにとって、花菱夜風《はなびしよかぜ》という存在をありのまま受け入れてくれる人間ができることを『嬉《うれ》しい』と感じたこと。

もうひとつは——。

『それじゃ、これからよろしくね。夜風《よかぜ》』

はじめて橘《たちばな》さんが絵筆を置いて、キャンバスから視線を切って。

にっこりと笑いかけてくれたから……かもしれない。

いったん橘《たちばな》さんと別れ、寮の廊下をゆっくりと歩きながら、思考をまとめる。

前提として、ぼくは平穏な学生生活を過ごせればそれでいいのだ。

全国各地から才能溢《あふ》れるクリエイターの卵が集まる、唯一無二の女子校。

家の都合で入学させられたこの場所に、なんの目標も夢も持っていない。ただ惰性のまま過ごすよりも、刺激をもらえる環境のほうがいい。自分が将来どうしたいかを考える機会にもなるだろうから。

自室のドアの鍵を開けようとしたところで、貼り紙の存在に気づいた。朝、登校する際にはなかったものだ。ということは、学校に行っている間に、これが貼られたことになる。なにか連絡事項だろうか。

いったい誰が？　と直感的に疑問が浮かぶ。

さはさりながらも、内容を確認しなければ。

ぼくは貼り紙を手に取り、目を通して——そのままフリーズした。

『花菱《はなびしか》風音《のん》
上記生徒は、5月25日付で指定の居室へ移動すること』

貼り紙が示していたのは、既入居者——橘《たちばな》棗《なつめ》との相部屋。

…………へ？

5

「どうもなにも、今日から夜風《よかぜ》は、橘棗《たちばななつめ》と同じ部屋で暮らしてもらうってだけだよ」

『どういうことだ』というぼくの問いかけに対する皐月《さつき》さんの答えがこれだった。

眠そうに目を擦《こす》りながら、あられもない姿の皐月《さつき》さんは淡々と言った。

ぼくは額に手を当てて嘆息するほかなかった。

朱門塚女学院《しゅもんづかじょがくいん》には教師向けの単身寮が設けられている。急な部屋替えを指示する紙を目の当《ま》たりにして、ぼくがまず向かった先は教員室だった。しかし皐月《さつき》さんの姿はすでに無く、ぼくは生徒がふだん足を踏み入れることのない学生寮の7階へと足を向けたのである。

「入寮当初、ぼくは単身での生活を許可されたはずだよね？」

皐月《さつき》さんはこちらの主張を意に介さず、タバコに火をつける。

「花菱風音《はなびしかのん》って言えば、学校からすりゃ由緒《ゆいしょ》正しき花菱《はなびし》宗家の跡取り娘だからなぁ。特待生には厳しいのに、家柄のある生徒には甘いあたり、私立校は企業と変わんねえんだなぁ」

すぅ……と大きく吸い込んで、マフィアのヘッドみたいにひと息で紙を灰に変えていく。短くなったタバコを灰皿に擦《こす》り付《つ》けながら、皐月《さつき》さんはさらに続けた。

「ただなぁ夜風《よかぜ》。うちの学生寮が原則的にふたり部屋なのは知ってるだろ？」

入学当初、パンフレットに記載されていたので知らないわけがない。

要項の27ページの4センテンス目に記されていた。箇条書きで。

「話が変わったんだよ。橘棗《たちばななつめ》は花菱風音《はなびしかのん》の真の姿——花菱夜風《はなびしよかぜ》を知ってなお、夜風《よかぜ》を夜風《よかぜ》として受け入れている。つまり、お前がこの学園において自然体で過ごすために必要な行程をひとつクリアできる条件が揃《そろ》っちまったわけだ」

「ぐぅ………」

本来ならふたりで共同生活を送るはずの寮の部屋にひとりで入居していることについて、多少なりとも周囲から妙な視線を向けられた事実は否《いな》めない。

ぼくの格式高いお嬢様然とした完璧な立ち居振る舞いと、皐月《さつき》さんによる「本来なら花菱《はなびし》にもルームメイトがいたんだが、家の都合で入学が取り消しになったんだ」という半ば無理やりなフォローによってはぐらかしていたようなものだ。

「どうして学生寮がふたり部屋なのか、理由を知ってるか？」

「知らないよ。見たことは忘れないけれど、聞いていただけならきっと忘れてる」

「お前ガキのころからホント変わってねぇなァ」

「皐月《さつき》さんに言われるのだけは納得できないよ」

反射的に言い返すと、皐月《さつき》さんは「まあ落ち着けって」とデスクの上に置いてあった未開栓のボトルコーヒーをこちらに手渡してくる。無言で受け取った。

「朱門塚《しゅもんづか》に来る生徒は基本的にどこかブッ飛んでるだろ？　時間にルーズだったり、食事を忘れて体調を崩したり、慢性不眠なんかを抱えてたりするんだよ。で、そういう生徒たちを共同生活させることによって互いにカバーし合ったり、わずかばかりでも協調性を育んでくれればいいなっていう願望が土台にあるわけ。どれだけ優れた作品をつくる人間でも、社会に放り込まれたら多少なりとも他人とコミュニケーションを取らなきゃいけねえからなァ」

「そこは同意するけど、ぼくには必要ないでしょ？」

するとと皐月《さつき》さんは「いやいやいや」と目の前で大仰に手を振る。

「身内として言わせてもらうけど、お前もわりと問題児なんだぜ」

「ぼくが……？　どこが……？」

まったく賛同できない言葉が返ってきて沈黙してしまった。ぼくが問題児？　幻聴か？

「ちょっとだけ思うわけ。夜風《よかぜ》を朱門塚《しゅもんづか》に入れたのは怪我《けが》の功名かもしれねえってさァ」

「どうして？」

「お前、勉強できないじゃん」

「それはそうだよ。まともに小中学校に通っていないもの」

「あー、うん。そりゃそうなんだけどさ、なんつうか……弱ったなァ」

皐月《さつき》さんはポリポリと頭を掻《か》く。適切な言葉が見つからない、と言外に滲《にじ》み出《で》ているように思えた。訝《いぶか》しむぼくをよそに「いったん忘れてくれ」と意味深に会話を軌道修正される。

「橘　棗《たちばななつめ》の話に戻るんだけどさァ。もともと、昔の朱門塚《しゆもんづか》にもああいう子もいたんだわ。部屋を出られない子。教室に行けない子。ふたり部屋ってのは、そういう生徒への救済措置でもあるわけ。実際、わざわざ橘　棗《たちばななつめ》の部屋まで夜風《よかぜ》が書類を届けに行ったのも不必要な行為だったはずなんだよ。本来ならルームメイトがいるはずだからなァ」

「ぼくもその点について突っ込んだはずだけど」

「橘　棗《たちばななつめ》から聞いたりした？　あの子のルームメイトが学校辞めた理由」

「込み入った話ができるほどの人間関係は結んでない」

皐月《さつき》さんは2本目のタバコを咥《くわ》えながら、ぽつりとつぶやいた。

「『絶望したから』だってさァ。たまんねえよなァ」

「…………はい？」

「だから、絶望しちゃったんだってさ。ま、私が直接面談したわけじゃねえんだけど。橘《たちばな》って部屋でずっと絵を描いてるんだってよ。登校できないぶん、昼も夜も、有り余るエネルギーをすべて制作に突っ込んでる。作品がウェブに公開されればいろんな人から反応があるし、他にもレコード会社からパッケージイラストの案件を受けたり、出版社からイラスト受注したり、個展の誘いを受けたり、部屋でずーっとなにかしてるらしいぜ。又聞きだけどな」

橘《たちばな》さん自身に対するぼくの感情は『変わった人だな』くらいなのだけれど、同時に『夏目《なつめ》』に対するリスペクトも持ち合わせている。

だからこそ、不可解に思った。

橘《たちばな》さんの元ルームメイトは、なぜ朱門塚女学院《しゅもんづかじょがくいん》を去ったのだろう？

「同室に『夏目《なつめ》』がいて……なにに絶望したんだろう」

「夜風《よかぜ》には難しいかもしれねえけどさ。あるんだよ、青少年なりの葛藤ってやつが」

目を丸くしてこちらを見やる皐月《さつき》さん。

首をかしげるしかないぼくをよそに、皐月《さつき》さんは淡々と説明を始める。

「他人と自分を比べちゃう子って、世の中にはたくさんいるんだよ。それこそ、大きな夢を持って朱門塚《しゅもんづか》の門を叩《たた》いたのに、いざ入学してみりゃどうだ。すでに大成している人間が同じ部屋にいて、自分とはまったく違う行動規範で動いてる。『自分はこうなれない、こういう人間じゃないと成功できないんだ』って気持ちにもなるだろ」

「なるほど……？」

「あんまり腑《ふ》に落ちてねえだろ……で、夜風《よかぜ》」

皐月《さつき》さんは突如として話題を転換し、深く紫煙を吐く。

「そもそも夜風《よかぜ》、お前が寮にひとりで住まわせてもらってた理由はなんだっけ？」

「……花菱《はなびし》家の人間だから」

「具体的には『由緒正《ゆいしょ》しい花菱《はなびし》宗家の跡取りだから』だよな。箱入り娘だから狭い部屋で共同生活を送ることに慣れていない、なんてでっち上げてはみたものの、いずれどこかで綻びは出てくるもんだ。反面、夜風《よかぜ》の事情を知ってる生徒がいるならルームメイトとして適役だろ」

「……ぼくにとって、橘《たちばな》さんが都合のいい生徒だということはある程度わかったけれど」

目を伏せて、問いかける。

「でも、橘《たちばな》さんにとってはどうなのかな」

「んなもん適役に決まってんだろ。お前学校辞められねえじゃん」

「…………………」

なるほど。

完全に足下を見られているわけだ。

「それに、橘棗《たちばななつめ》の円滑な学生生活をサポートするってことは、夜風《よかぜ》にとって必ずしも悪い話じゃないと思うぜ。プライベートの不自然さを消せるってのが一番デカいが、なにより優れたクリエイティブを間近で見られるってことは、それだけ学ぶ機会が増えるだろ。お前にとっての『学習』は『見ること』なんだからさ」

悔しいことに。

納得できてしまった。

主張を要約すると『花菱《はなびし》夜風《よかぜ》と橘棗《たちばななつめ》の利害は一致している』。

ならば……たとえこれが形だけの対応であっても、従うほかない。

「ひとつ聞いておきたいんだけれど。ぼくと橘《たちばな》さんが同じ部屋で暮らすことについて、男女の共同生活を意図的に仕向けた皐月《さつき》さん自身はどう思うわけ？」

「問題ねえだろ、夜風《よかぜ》はただの男じゃねえ。花菱《はなびし》の男だからな」

それは、つまり。

性別だとか、共同生活だとか、教師と生徒の関係だとか、そういった一切合切を考慮する以前に……ほかの選択肢が存在しないという意味だ。

「ほんとうに嫌なのか？」

「当たり前でしょ。突然すぎるし、相手にも気を遣っちゃうし」

「でもさ、そもそもこんな状況に陥る前に、それなりの行動は取れたんじゃね？」

「それは……どういう意味？」

「どういう意味かなんてわかってんだろ？」

「…………」

わかっている。

風音《かのん》が家を出ていったとき、ぼくは素直に羨ましいと思った。

花菱《はなびし》家の因習に縛られて身動きがとれなくなっていたぼくにとって、風音《かのん》はまさに『自由』の象徴だった。自由を制約する家に反発し、最終的にぼくを残して出ていくほどに。

ぼくだって出ていこうと思えば出ていけたはずなのに、できなかった。

花菱《はなびし》家にいても意味がない――ぼくはただの紛《まが》い物《もの》でしかないとあのときに知ったはずなの

に、それでも行き場がわからずに停滞していたのはぼく自身だ。

「ていうか頼むよ。あーだこーだ言ったけどさ、朱門塚《しゅもんづか》って校則少ないぶん規則に敏感なんだよ。『夏目《なつめ》』に関してはイレギュラーってことで見逃してもらってるけど、あれってほぼ校長の独断だから現場にはそういう空気が浸透してなくてさァ。夜風《よかぜ》ひとりに部屋をあてがうときもわりと頑張ったんだぜ。お前が部屋を移動してくれればマジでありがたいんだよ」

「……わかった。とりあえず橘《たちばな》さんに話してみる」

両手を合わせて懇願する皐月《さつき》さんに根負けして、ぼくは席を立った。

6

扉の前にたどり着き、深呼吸を挟んでから、インターホンのボタンをぐっと押し込む。

なにも起こらない。鳴ったはずなんだけれど……もしかして壊れてるのかな。

機械が壊れている可能性もある。握り玉型の古びたドアノブの着けられたアルミ製の扉をためしにノックしてみると、こん、こん、と軽い音が響いた。

想像の範疇《はんちゅう》ではあったけれど、まったく反応がない。

「橘《たちばな》さん、いませんか……？」

絶対にこんなシーンで使うべき言葉ではないけれど、やらない後悔よりもやる後悔だ。少なくとも今はそう思うことにした。もはや自己暗示の域である。

とはいえ、なおもノックに返事はなかった。

ダメでもともと、ドアノブを捻《ひね》ってみたところ——がちゃり、と音をたてて扉が開いた。

そんなことある？

立ち入るべきだろうか、引き返すべきだろうか。第3の選択肢は無い。前者を取る。扉の向こうに延びていたのは狭い廊下。その奥に、居住空間へつながる内扉が見えた。

同時に、おそらく通路であるだろう空間にぎっしりとゴミが散乱しているのが目に入る。

汚いなぁ、という率直な感想をぐっと呑《の》み込《こ》んだ。

屋上でキャンバスに食らいつく彼女の姿は、ぼくにとってはあまりにも幻想的で、ほんとうに同じ人類なのかすら疑問に思っていたけれど、とんでもない現実が待っていた。

生理的な嫌《けん》悪《お》感《かん》すら覚える汚部屋だった。こんなところに女子高生が住んでいるのか。マナーとして内履き用のシューズを脱ぐが、あんまり素足で歩きたい床ではない。まあ、勝手に部屋に侵入しておきながらマナーを気にする必要性があるのかは知らないけど。

足の踏み場もない悲惨な光景。強盗にでも入られたのかと見紛《みまが》うような散らかりよう。

なんとか足場を確保しながら、そろりそろりと廊下を進んだ。

それにしても暗い。おまけに寒かった。人工的な冷気が室内に満ちている。蒸し暑いとすら感じる外気との寒暖差に背筋が震えた。人間の気配はない。しかし、ここまで来て引き返すのも変な話だ。くるりと回れ右したい気持ちを抑えて先へと進む。

1Kの室内には、薄暗い蛍光灯だけが点《とも》っていた。

さまざまな色彩が混在する紙片に暖色の光が当てられている。

はじめに目に飛び込んできたのは——膨大な数のスケッチブック。

床に散らばった紙片それぞれに無数の線が入っていて……その線分がいくつも集まって、かたちを成している。イラストとひと言で形容できる作品ではなかった。

そして、部屋の悲惨な状況と違わず、まるで山岳地帯のようにがらくたの山が連なったシステムデスク。

その前に、大きなワーキングチェアに腰掛けて一心不乱にペンを走らせる人物がいた。

足音を立てないように近づいて確認する。

まぎれもなく、橘《たちばな》さんだった。

「……あの——」

どう声掛けしたものかというシミュレーションが完全に吹き飛んだ状態で、なにから話すべきなのかは頭から抜け落ちていて、それでも本能的に彼女を呼ぶ。

すると、橘《たちばな》さんは痙攣《けいれん》したかのようにビクッ！　と身体《からだ》を震わせて、まるでバネ仕《じ》掛《か》けの人形みたいに振り向いた……そして、まったく表情を変えないまま——。

「うわぁあぁぁあぁあぁあぁあぁぁぁぁ——————ッ⁉」

――――。

――――。

あらかた経緯を説明したところ、当の橘《たちばな》さんの反応はと言うと……。

「そうなんだ。今日からよろしくね」

当然のように受け入れられてしまった。

あまりの急変ぶりに理解が追い付かない。

「おかしくない？　さっきのパニックはなんだったの？　心配になるんだけど」

橘《たちばな》さんの落ち着き払った様子に、こちらが狼狽《ろうばい》する番だった。

つい先ほどまで絶叫していたとは思えない。

「想定外の事態に弱いだけ。なるべくいろんなパターンを考えて毎日過ごしているけど、そのパターンを超えられるとどう対応したらいいかわからなくなる。だから疲れるんだけどね」

疲れたのはこっちも同じだ。過呼吸を起こした橘《たちばな》さんの口元に紙袋をあてがったり、頭を搔《か》き毟《むし》る手を止めたりと散々だった。

そんなこちらの気持ちなどおかまいなしに、彼女はさらに続ける。

「学生寮は原則的にふたり部屋だもんね。ちょうどよかったじゃん」

「そういう問題なの？　ぼくは男で、橘《たちばな》さんは女の子でしょ」

「隠してるわりにめっちゃ言うじゃん。ウケる」

ウケるな！　と叫びたい気持ちを抑えて拳を握り込む。話が通じない……。

人間の怒りは一過性のもので、数秒経《た》てば沈静化するのだと聞いたことがある。ぼくはすぅっと深呼吸して気持ちを落ち着けてから口を開いた。

「……ぼくがいないほうが過ごしやすいんじゃない？」

「夜風《よかぜ》があたしのルーティーンに組み込まれれば問題ないよね？」

どうして相部屋に前向きな考えばかり出てくるんだ。相変わらずなに言ってるかわけがわからないし。こういうのって、嫌がるのは女の子のほうじゃないの？

よくわからない思考回路に基づいた、よくわからない理解。橘《たちばな》さんの脳内に導き出された結論に、ぼくの意見が介入する余地はないようだ。

これは、いよいよ腹を括《くく》らなければならないか。

どうやら、ほんとうに彼女との共同生活がスタートするらしい。

廃墟《はいきょ》のような荒《すさ》んだ空間。廊下を埋め尽くす、衣服やゴミの山。

脱ぎ捨てられたブラウスや絵の具が付着したまま固まった雑巾、飲み散らかされたペットボトル、口の結ばれていない45リットルの黒いゴミ袋などに埋められたこの部屋で。

生活感を固めた汚泥《おでい》に侵食されているような風景だった。今朝までぼくが過ごしていた部屋とのあまりの差に頭を抱えてしまう。

一度、自室に戻って荷物をまとめた。といっても私物はほとんど持ち込んでいないし、日用品を除いてスーツケースひとつに丸々収まってしまう程度。ゴロゴロとケースを転がしながら橘《たちばな》さんの部屋……もとい新たな住処《すみか》へ向かうと、当のルームメイトの姿が見えなかった。

勢いよく水の流れる音が耳朶《じだ》を打つ。どうやらシャワールームから聞こえているようだ。この状況で入浴なんて、ほんとうになにを考えているのかわからない。

それにしても部屋が散らかっている。遮光カーテンによって外界と隔絶された室内の空気は澱《よど》んでいて、一刻も早く換気したかった。ぼくが窓に手をかけたところで、背後から扉の開く聞き慣れた音が聞こえて——。

「トリートメント切れたんだけどストックある？」

浴室から橘《たちばな》さんが全裸のままひょっこりと姿をあらわす。

「あったはず。ちょっと待って」

スーツケースの中から詰め替え用のパウチを取り出して放り投げた。橘《たちばな》さんは「わっあっおっ」と素っ頓狂な声をあげてキャッチしようとしたものの、両手は空を切って、額にプラスチックのぶつかる情けない音が響いた。運動神経ないなこの人。

床に落ちたパウチを拾い、踵《きびす》を返す橘《たちばな》さんがすぐさまふたたび振り向いた。

「なんか反応ちがくない？」

「なにが？」

「あたしが夜風《よかぜ》の裸を見たときは驚いてた。あれは演技だったんだ？」

「演技じゃないよ！　だって……他人に裸を見られたのは初めてだったし……」

「逆に女体は何度も見てるわけだ」

「実家のお屋敷では入浴の世話係も兼ねていたから」

「あたしの身体《からだ》に劣情を催したりしないの？」

「絶対に全裸のまま聞くべきことじゃないと思う」

「ふーん」

そうつぶやいて、今度こそ橘《たちばな》さんは浴室へと戻った。扉の閉まる音を聞いてから、へなへなと腰が砕けた。こんな状況で共同生活を送るなんて無理があるとしか思えない。

それなのに、どうして彼女のことが気になるのだろう。

7

結局、悶々《もんもん》としながらも蓄積した疲労には勝てず、気がつけば眠りに落ちてしまっていて、目が覚めたときには朝の7時だった。登校まで時間の余裕があったので、着替える前にシャワーを浴びようとしたところで同居人（暫定）の姿が目に入る。橘棗《たちばななつめ》が作業デスクに顔を伏せて眠りこけていた。

「……すぅ……すぅ……」

「……橘《たちばな》さん？　起きてる？」

おそるおそる確認してみるも返事はない。机の上にはスケッチブックの紙片が散らばり、鉛筆で器用になにかが描かれている。そこには補足のように文字が記されているのだけれど、悪筆すぎて解読することはできなかった。

「体調崩すよ？」

「……ん……んむぅ……」

やはり返事はない。ベッドへ運ぶのが最善策なのだろうけれど、ぼくの膂力《りょりょく》で人ひとりを持ち上げるのは不可能に等しい。しかたなく、橘《たちばな》さんのベッドから掛《か》け布団《ぶとん》を剝がし、背中に被《かぶ》せておいた。ぼくはそのまま浴室へ向かう。

シャワーを浴びながら、どうしてこんな状況に……と考えた。しかし結果は出ない。こんな状況に陥る前に取れる選択肢はあったはず。皐月《さつき》さんの言葉が心の奥に残り続けていた。

いつもどおりに朝の支度を済ませ、学生寮を出て登校する。座学の準備を進めていると、目の前にクラスメイトが数人やってきた。なにかやらかしたのだろうか……？

「昨日、だいじょうぶだった？」

「だいじょうぶ……とは？」

「なんか大慌てで学生寮と校舎をシャトルランしてたじゃん」

「花菱《はなびし》さんっていつも落ち着いてるし、なんかよくないことでもあったのかなって」

　昨日、皐月《さつき》さんと橘《たちばな》さんの間で伝書鳩《でんしょばと》のような立ち回りさせられていたのだ。どうやらその様子を見られていたらしい。学生寮から校舎まではほぼ一本道で、かつ各部屋の窓から校舎への出入りが見える構造となっているため、よほど異質に映っていたのだろう。

「あれはですね……部屋の鍵を演舞場に忘れてしまいまして……」

　ありふれた言い訳だったが、どうやら納得してもらえたらしい。

「マジで？　私も時々やらかすわ～」

「花菱《はなびし》さんでも不注意やらかすんだ。親近感湧いたかも～」

「ああいうのふつうにできる人ってすごいよね～。私ひとり暮らしとか絶対無理だわ～。ルームメイトいないと詰み確定みたいなところある～」

　ひとまず安心である。橘棗《たちばななつめ》の存在を隠す必要があるのかと問われると返答に窮するけれど、とはいえ事の経緯がややこしいので多くを語らないに越したことはない。どこからぼくの素性がバレるかわからないからだ。警戒は最大限まで高めておいたほうがいい。

　やがて予鈴が響き渡る。

「ああ、そうだ。穂含祭《ほふみさい》の申請書の取りまとめありがとうね～。助かったぁ～」

「私らああいうの苦手だからさぁ。花菱《はなびし》さんいてくれて助かったよ」

「お安いご用ですよ。これからもどんどん頼っていただければ」

「ありがたや～」

「さすがお嬢様～」

いえいえ、と手を振りながら恐縮する……ふりをする。

あくまで、ぼくは体面上『単身で上京してきた箱入りのお嬢様』でなければならない。

『花菱風音《はなびしかのん》』という偽りの姿《メッキ》で、騙《だま》し続《つづ》けなければならない。そう再認識する。

授業を終えて部屋へ戻ると、橘《たちばな》さんが化粧台とにらめっこしていた。

当然ながら衣服は身につけている。

ぼくはというと、いまだに戸惑いを拭い切れない。

しかし橘《たちばな》さんは平然と声をかけてきた。

「ボディソープ。ちょうど切れたから今夜借りると思う。カバン漁《あさ》っていい？」

あっけらかんとした口調だ。あられもない姿を見られた、なんて恥じらいの意識はどこにもないんだろうな。ぼくは深呼吸して、いつもどおりのトーンで切り返す。

「シームレスにボディケア用品を共有しようとしないでくれる？　気にならないの？」

「そういうの抵抗ある人？」

「抵抗ない人の存在が信じられない」

「口をつけるもの以外なら問題なくない？」

「歪《ゆが》んだ尺度で常識を測ろうとするな。というか、いつもどうしてたのさ」

「置き配頼んでた」

「この寮って通販頼めるんだ……」

「正門で守衛《しゅえい》さんが受け取ってくれて、寮の職員さんが一括で取りに行ってくれるみたい」

「思えば、寮住まいの先生もいるから当然の対応ではあるのか……」

ある程度会話を交わして、ようやく気持ちが落ち着いた。

ぐるりと室内を見回す。

この部屋にやってきて、ぼくがはじめにおこなったことはというと——当然ながら清掃作業だった。橘《たちばな》さんには、まるで人間を魅了して取り込んでしまう妖怪みたいな雰囲気すら感じていたはずなのだけれど、そういった甘い気持ちや同じ空間で過ごす緊張感などは残虐に汚された室内の凄惨さの前では無力。『どこで寝ればいいんだ』という絶望しかなかった。

そして当然ながら、今朝きちんと整理整頓をおこなったはずなのだけれど。

「片付けても片付けてもキリがない……」

ぼくはただ、頭を抱えるしかない。

ふと化粧台に目を移すと、ちょうど橘《たちばな》さんがメイクを終えたところだった。

「うーん最強。やっぱスプリングアレグロのファンデしか勝たんな〜」

よくわからない台詞《せりふ》で自画自賛しつつ席を立った彼女に、ぼくは疑問を投げかける。

「前から疑問に思っていたんだけれど、どうして部屋から出ないのに気合いの入ったメイクをするの？」

「なんで？　部屋を出ないから部屋のなかでメイクするしかないじゃん」

「そういうことじゃなくて……いや、そういうことなのかな……？」

もはやなにが常識なのかわからなくなってきた。

「それに、あたしがメイクする理由は他人に見せるためじゃないし」

「へ？」

この回答は意外だった。他人に男だと知られないために気を遣っているぼくにとって、想像し得ない言葉だったからだ。二の句が継げないぼくを尻目に、橘《たちばな》さんはさらに続ける。

「人間の顔に絵を描けるなんて面白いじゃん。気分転換にちょうどいいんだよね」

「……それじゃあ、お風呂《ふろ》に入るのとか、無駄に思えたりしないの？　たしかに身体《からだ》を清潔に保つのは大事なことだから無駄なわけはないけれど」

「シャワー浴びるのは身体《からだ》を綺麗《きれい》にするためじゃないよ。アイデアをリセットするため。頭がぞわぞわーってしたまま落ち着けるわけないじゃん」

なんだか衝撃的なことを言われた気がするんだけれど、いったんスルーしておこう。

「『ぞわぞわ』の感覚がわからないな……」

「もうお風呂《ふろ》の話はよくない？」

「勝手に終わらせないで。いや、終わっていいのかな……」

　こちらの指摘など意にも介さず、彼女は先を続ける。

「ざわざわーっていうのは、なんかこう、いろんなことが頭の中に湧いたり、出て行ったり、そういうのが気になったりして、手がおぼつかなくなって、あれ、いまなにやってたっけ？って我に返る瞬間とかあるじゃん。シャワー浴びるとああいうのが落ち着くんだよね」

「後半なに言ってるかまったくわからなかった」

「絵にも描けそうにないなぁ」

……どういう思考回路なんだろう？　返答に困ったので整理してみる。

　要するに、昨日は息抜きとしてシャワーを浴びていて、そこにぼくが鉢合わせしたらしい。

　橘《たちばな》さんはぐぐっと背を反らせて伸びをしながら、こう口にした。

「夜通し仕事してたから寝るわ。納期も近いし」

「…………納期？」

　おうむ返しになってしまう。ぼくの声を聞くやいなや、彼女は立て続けに語り出す。

「イラストの納期。ＭＶに使うスチル。あたしがこないだ描いてた油絵とは違って、ビビッドめなやつなんだけど、３パターンくらい欲しいって言われてる。ただ、どんな楽曲かも共有されてなくて、全体的な制作イメージがぼんやりしているからクライアントの要望に沿ったものになってるかはわかんない。何回か取引してる相手だし、報酬額もそれなりに大きいから」

「えむぶい？　すちる？」

結局、それ以上の詳細な説明が返ってくることはなかった。橘《たちばな》さんはぼくのつぶやきをよそに立ち上がって、キャンバスを放り出してスタスタと移動した。どうやらシャワールームを覗《のぞ》き込《こ》んでいるらしい。どういう行動規範だ？　本能のままに動いているのか？

肩をぐるぐる回しながらベッドへ向かう橘《たちばな》さん。

ふと、気になったことを尋ねてみた。

「ねえ。ぼくが初めてこの部屋に来たとき、あんなに取り乱していたのに……どうして湯上がりの身体《からだ》を見られて平然としていたの？」

すると彼女はきょとんとして、こちらに向き直る。

「なんで？」

「聞いてるのはこっちだよ」

「どこを疑問に思ったのか気になって」

話が噛《か》み合《あ》わない。これじゃ伝わらないのか。ではどういう言い回しなら良《い》いんだろう……

額を押さえたとき、橘《たちばな》さんは「ああ、なるほど」と納得したような声を放った。

「簡単な話だよ。夜風《よかぜ》はもうこっち側の人間だから」

こっち側、がなにを指し示しているのかはわからなかったけれど、

「だからあたしのことは橘《たちばな》さんじゃなく棗《なつめ》って呼んでくれていいし、変に気を遣わなくても仕事の詳細は教えるし、飲んでる薬の種類とか効能とかも共有するし、全裸を見られたところでどうとも思わない。気になったら聞いてくれればいいし、夜風《よかぜ》に聞かれれば答えたくない質問以外には答える。まあ、答えたくない質問なんて無いからなんでも教えるんだけど」

立て板に水のごとく紡《つむ》がれた言葉の要旨を紐解《ひもと》くに、どうやらぼくは彼女に必要以上の遠慮や気遣いをしなくてもいい存在らしい……ということが、なんとなくわかった。

ほんとうに、なんとなく——。

学生寮でルームメイトと共同生活を送る。そのなかの些細《ささい》なこういうやりとりこそが、彼女の言う『やってみたい高校生活』なのかもしれない。

はたと気づいた。

なにかに固執して、それを叶《かな》えるために妙な手段を取るところ。

他人からは理解されないながらも、自身の思考では理論が完成しているところ。

彼女が気になるのは……どこか、双子の姉に似ているからかもしれない。

第二幕　「みつけて」

I will inspire your insipid days.

1

「夜風《よかぜ》の好きな色はなに？」

「特にないよ」

「じゃあ好きな色をつくって」

「どういう意図があるの」

「相互理解のため」

　コミュニケーションの前置きに『相互理解のため』って定義する人いるんだ……。

　とりあえず「白」と答えると、棗《なつめ》さんは「白が一番むずいなぁ」とつぶやいて、ふたたびデスクに向き直る。この問答はもう終わりなのか……と察して、ぼくも洗濯物をたたむ作業に戻った。

棗《なつめ》さんとの共同生活が始まるにあたり、さまざまな懸案事項があったのだけれど、思いのほかすんなりと始まってしまい拍子抜けだった。

棗《なつめ》さんは基本的に干渉してこない。同じ空間に異性がいるという状況なのに、まったくこちらを気にした様子はない。ただただ絵を描くことに没頭し、集中し続けている。

どんな精神力してるんだ……。

棗《なつめ》さんとの相部屋が始まって、かれこれ1週間。

ぼくはというと、とにかく棗《なつめ》さんに対して気を遣う日々である。これまでと同様に学園ではお嬢様の仮面をかぶり、部屋ではなるべく物音を立てないよう慎重に行動し、汚され続ける部屋を清潔に保っている。棗《なつめ》さんは目を離すとすぐにペットボトルやダンボール、使い終わった画材の空パッケージなどを床に投げ捨ててしまうのだ。賽《さい》の河原《かわら》かな？

入浴しているときなどは特に注意が必要だ。なんの前触れもなく扉を開けてくるのでとても肝が冷える。棗《なつめ》さんは全裸のぼくを目の当《ま》《あ》たりにしても「あれ、入ってたんだ」となにごともなかったかのように開けっぱなしにして定位置に戻るため、数秒固まった後に慌てて扉を閉めることとなる。これまで3回経験した。どうして鍵がついてないんだ……。

加えて棗《なつめ》さんには規則的な睡眠周期が存在せず、ぼくが床についてから朝目覚めるまでずっとデスクでタブレットとにらめっこしているときもあれば、1日の大半をベッドの中で過ごしている日もある。

おまけに寝起きがとても悪い。

共同生活5日目のことである。「18時からオンラインで打ち合わせ。よろしく」と言い捨てて、こちらの返答を待たずにベッドに潜り込んだ棗《なつめ》さん。告げられたのは朝の7時30分だった。つつがなく学園生活をこなし、いつもどおり皐月《さつき》さんの雑談に付き合わされ、結局17時30分に棗《なつめ》さんを起こしたのだけれど、開口一番に「うぅ……死んでぇ……」と言われた。いつもなに言ってるかわからないのに寝起きだけシンプルに口が悪いのをこのとき初めて知った。

無理やり起こしてデスクに座らせたが、パソコンを起動するそぶりすら見せずにずっと宙を見上げていたので、結局顔を洗わせて髪の毛を梳《と》かすところまでぼくが世話することとなったのである。ちなみにオンラインの打ち合わせとはいっても、ただの音声通話だったので身だしなみを整える必要はなかったため要らない世話を焼いただけだったというオチまでついた。

また、あるときはふいにこんなことを言われた。

「夜風《よかぜ》、売店に行く用事をつくって」

「こんな時間に開いてるわけないでしょ」

就寝直前に声をかけられたので、ぶっきらぼうにぼくは答えた。すると、

「じゃあコンビニに行く用事をつくって」

こう返される。もちろんさらに質問を重ねた。

「用事をつくる必要性は？」

「夜風《よかぜ》がコンビニに行く用事をつくってくれれば、あたしがついでにエナジードリンクを買ってもらうときに罪悪感がなくなるから」

――と、自分本位の主張をぶつけられてしまった（もちろん断った）。

とにかくマイペースで、めちゃくちゃなのだ。

それでいてつくり出す絵の迫力はすばらしい。事実、この1週間のうちに棗《なつめ》さんは新たな油彩画を完成させ、それをSNSにアップロードしてさまざまな反応を得ていた。ぼくと棗《なつめ》さんが出会ったときに手掛けていた、朱門塚女学院《しゅもんづかじょがくいん》の校舎をモチーフにした作品である。

皐月《さつき》さんから聞いた話では、

『これ聖地あるのかな？　どこかの学校だよね？』

『作者の心象風景がバグってて好き』

『緑色の背景には社会に対するメッセージが込められているのか？』

『魚眼レンズを通したような描写に人間の視界の狭さが詰まってるのがいい』

などなど、さまざまな感想や考察が寄せられているらしい。

しかし棗《なつめ》さんは気にした様子もなく、一心不乱にスケッチブックとにらめっこしてはなにかを思いつくたびにペンを走らせていた。なにを描いているのかはわからない。

新たな日々が始まっても、当然ながら夜は来る。

寝る前の支度を済ませて床につくと、それまで絵に没頭していた棗《なつめ》さんが椅子から立ち上がり、身につけていたワンピースと下着類を着せ替え人形のようにスポンと脱ぎ捨てて浴室に入っていった。

ため息をつきながら身体《からだ》を起こし、棗《なつめ》さんの抜け殻を回収して綺麗《きれい》にたたむ。もはや癖になっていた。まるで幼い子どもの世話をする保護者みたいだなぁと我ながら思う。

そう思いつつも、衣服に残っている棗《なつめ》さんの体温にすこしだけドキリとする。

見た目はともかくとして、ぼくはれっきとした男性だ。これまでさんざん、棗《なつめ》さんがマイペースで、不干渉で、自分本位だなんだと述べてきたけれど、結局のところぼくが気を遣っているのは、彼女の存在を意識していることに他ならない。

「なに固まってるの？」

「ひゃあぁ！」

ふいに声をかけられて情けない悲鳴をあげてしまう。見ればバスタオルを身体《からだ》に巻き付けただけの棗《なつめ》さんが不思議そうにこちらに視線をよこしていた。

「はっ、はっ、早すぎない⁉」

「髪の毛洗っただけだし」

「よりにもよってなんで髪の毛だけ⁉」

「頭の中のノイズを排除するため。前にも言ったじゃん」

「そうだったっけ……そうだった……かも……？」

ぼくは視覚情報を投影し、再現するのは得意だけれど、そのぶん聴覚を介した記憶の保持が苦手だ。一度見たものをずっと覚えていられても、一度言われたことをすぐに覚えることができない。まあ、近しいことを聞いていたとしても、棗《なつめ》さんがそっくりそのまま同じ言葉でぼくに伝えたのかは疑わしいけれど。

ともあれ、ぼくは棗《なつめ》さんの服を脱衣所のバスケットに入れて、彼女の寝間着を用意する。

「夜風《よかぜ》、髪乾かして」

「自分で乾かせないのに濡《ぬ》らすのはどうかと思う」

「乾かせないわけじゃないよ。夜風《よかぜ》がやったほうが早いし」

「ぼくが負担する時間は考慮に入ってないんだね……」

「だって夜風《よかぜ》はあたしのサポートキャラじゃん」

こんなことまでやらされるなんて聞いてなかったし、了承した覚えもないんだけれど、それは置いておこう。

ぼくはドライヤーをコンセントにつないで、棗《なつめ》さんをベッドに誘導する。

棗《なつめ》さんがのっそりと腰掛けると同時に、ぼくは電源をオンにした。

しゅいぃ、とファンが軽快に回る音。

「ねぇ夜風《よかぜ》」

「なに？」

「夜風《よかぜ》はどんな高校生活を送りたいと思ってた？」

「少なくとも、ルームメイトの髪の毛を乾かすとは思ってなかった」

「質問を変えるね。好きな食べ物はなに？」

「変わりすぎでしょ！」

「そんな食べ物あるんだ、世間は広いね」

「…………」

　無言で温風を送り続けた。


　あらためて寝床に入ると、隣のベッドに棗《なつめ》さんも潜り込む。同じタイミングで床につくなんて、共同生活の開始以降、初めての出来事だった。

「夜風《よかぜ》ってよく毎日同じ時間に寝て、同じ時間に起きられるね」

「ぼくからすると、毎日の生活リズムが決まっていない棗《なつめ》さんのほうがすごいと思うけど」

「あたしはしたいときにしたいことをするし、したいときにしたいことができないと気になって眠れないだけ。それが24時間の枠組みにおさまらないとき、睡眠の優先度が下がって起き続けてしまうだけ。というか筆が乗ってるときは眠気を感じないから、生物として欠陥があるのはあたしのほうだと思う」

「ごめん棗《なつめ》さん、はじめのほうからなに話してるのかわからなかった」

「わかってもらおうと思って話す機会が少ないからあたしとしては納得してもらうしかない。他人との関わりを早々にあきらめた弊害がこの歳《とし》になって出てくるとは思わなかった。必要ないと切り捨てたのはあたしだけどもったいないことしたなぁとも思ってる」

ほんとうになにを言っているのかわからなかったので、沈黙を返答としておいた。

「ねぇ」

こちらの反応を待たず、棗《なつめ》さんは話題を転換する。

「夜風《よかぜ》はどんな大人になりたいと思ってた？」

「ぼく、まだ子どものつもりなんだけど……」

15歳だし。

「あと3年で世間的には成人らしいよ。まだ大人っぽいことしてないし、これからもできる保証はないけど、客観的には大人になっちゃうんだってさ」

「……どうしていまそれを聞くの？」

「『いま』に対する答えをあたしは持ち合わせてない。疑問が浮かぶ過程に時間的な理由はなくて、ただ気になっただけ。それを解消しないとノイズになってまた頭がざわざわするから」

よくわからないけれど、とりあえず思い浮かんだ答えをそのまま伝える。

「想像したことがない。だから『わからない』が答えかな。ぼくは漠然と、実家のお屋敷で毎日同じことを繰り返しながら老いて死んでいくものだと思ってたし、一族もそれを望んでいたと思う。ぼくは外の世界を知らなかったから、それがふつうだと思っていたし、そういうものだと受け入れていた。だから」

「でもあたしの絵は知ってたじゃん。SNSやってたんでしょ？　じゃあ外の世界とやらも知ってるってことになるんじゃないの」

「ううん。はじめは風音《かのん》が――双子の姉が『夏目《なつめ》』の絵をとても気に入って、それをぼくに見せてくれたから。ぼくは一度見たものを忘れないから、風音《かのん》が見せてくれるその絵をずっと覚えてた。見た絵を頭のなかに蓄積していって、結果的に屋上で棗《なつめ》さんの絵に既視感を覚えたわけだけれど――だから……やっぱり……外の世界は……たぶん……いまも」

あぁ、眠い……。

「家にずっと引きこもってたあたしも人のこと言えないか。能動的か否《いな》かの差しかないし」

ぼくは棗《なつめ》さんの生い立ちを知らない。与えられた情報は、彼女がぼくと同い年の少女で、同時に世間に大きな影響を与える画家である。その事実のみだ。

とろんと瞼《まぶた》が落ちる。

棗《なつめ》さんは毎日、呼吸をするようにぼくの内面を探ろうとしてくる。

さらけ出すほど深みのある人生経験なんて積んでいないのに。

『夜風《よかぜ》、今日どんなことがあった？』

『夜風《よかぜ》はどっちの服がかわいいと思う？』

脳裏に蘇《よみがえ》る過去の記憶。

棗《なつめ》さんの姿が、脳に焼き付いた風音《かのん》と重なる。

2

「で、どうよ。赤の他人との相部屋は」

いつもどおり、教員室の奥に設《しつら》えられた面談室へと呼び出され、皐月《さつき》さんの取り留めのない雑談に付き合わされている。いわく『ガス抜きしないとやってらんねぇ』とのことだけれど、高校教師がふだんどのようなストレスに晒《さら》されているのかを想像できないぼくは、果たしてぼくとの会話が気分転換になるのかと疑問に感じている。

ともあれ、ぼくは端的に返す。

「どうもこうもないよ。もうめちゃくちゃ」

「やっぱそうなんだ?」

ニヤニヤと笑みを浮かべながら、皐月《さつき》さんが視線で続きを求めてくる。ぼくをこんな状況に追いやった張本人が面白がっているのは癪《しゃく》だったけれど、それよりも先に不平不満を吐き出したい欲が勝った。

「とにかく部屋が汚い。片付けても片付けてもすぐに汚される。寝る時間が合わない。ぼくがベッドに入ってからもずっと活動しているから気を遣っちゃう。それに――」

「それに?」

「……同じ部屋に他人がいる、っていう意識が、たぶん棗《なつめ》さんには欠けてる」

「というと?」

「たとえば……ぼくの目の前で、いきなり全裸になって浴室に入ったりする。ちゃんと脱衣所があるのに、わざわざ部屋の中で服を脱いだりする」

「誘ってるんじゃね?」

「誘ってる? なにを?」

「わかんねぇならいいや。夜風《よかぜ》はそのままでいてくれよな~」

手をひらひらと振る皐月《さつき》さん。誘うという言葉の真意は理解できなかったけれど、俗っぽいことなんだろうなと直感した。触れないでおこう。

皐月《さつき》さんに生活の様子を話すなかで、ぼくは深夜作業に勤《いそ》しむ棗《なつめ》さんの姿を脳裏に思い浮かべていた。『夏目《なつめ》』の作品は、ただ「すごい」「圧倒的だ」と思わせるパワーを感じるのだけれど、一方で具体的になにが評価されているのかをぼくは理解していない。そんな作品を次々に送り出す棗《なつめ》さんには、いったい世の中がどんなふうに見えているのだろう……と思う。

「朱門塚女学院《しゅもんづかじょがくいん》で教鞭《きょうべん》をふるっている花菱皐月《はなびしさつき》先生に質問があるんだけれど」

「なんだ? 真面目な話か?」

「そう。大真面目な話」

前置きしてから、ぼくは先を続けた。

「皐月《さつき》さんから見た『夏目《なつめ》』のすごさを教えてほしい」

ぼくの問いに対して、皐月《さつき》さんは苦笑いを浮かべた。

「ややこしい質問だなぁ」

「……難しい質問だった？」

「いや、難しくはない。ただ、複雑ではある。美術の素養のない夜風《よかぜ》に、どうわかりやすく伝えるかが難しい。ま、教師やってるわけだし説明はできるんだけど、どう表現したもんかなぁ」

皐月《さつき》さんは花菱《はなびし》家の出身ゆえ、日本舞踊をはじめとした伝統芸能を専門としている……とはいえ、宗家の出身ではないため自ら演者として表舞台に立つことはない。

ではどういった役割を担《にな》っているのかというと、朱門塚女学院《しゅもんづかじょがくいん》においてはあまり重視されない経営や経済・金融についての教養を、美術史や芸能史と絡《から》めつつ教えている。

朱門塚女学院《しゅもんづかじょがくいん》には、すでにクリエイターとしてデビューしている現役生が少なくない。しかし、芸事一本で世の中に飛び込むには不足している知識が多すぎる。そういった生徒が、たとえば社会の構図や個人事業主に必要とされる経理、甘言に惑わされずに資産を守る方法などを、16歳から18歳の子どもに向けてわかりやすく伝えるのが皐月《さつき》さんの講義である。それもこれも、皐月《さつき》さんの属する花菱《はなびし》家の『月』の分家が芸能プロダクションを持っていたり、各地で演舞場を運営していたりする家系で、かつ皐月《さつき》さんがそういった環境に幼少期から慣れ親しんでいたからという側面はあるのだけれど……。

それは置いておいて。

しばらく考え込んでいた皐月《さつき》さんが、ふたたび口を開いた。

「結論から言うと、『夏目《なつめ》』はあまりにも他者と違いすぎるのに、それが受け入れられているのがすげえんだ」

「…………………」

ほんとうに教師なのか、この人？

それともぼくの理解力が足りないのだろうか？

こちらの表情に気づいたのか、皐月《さつき》さんが慌てる。

「だからややこしいって言っただろ！　どうしても抽象的になるんだよ！」

「さっきの説明だと『すごいからすごい』って言ってるふうにしか聞こえなかった」

「だいたいそれで合ってるのが困るんだよなァ……」

ボリボリと頭を掻《か》きながら皐月《さつき》さんがため息混じりの声を出す。

「『夏目《なつめ》』は社会の生きづらさとか、ふつうであることへの妄執とか、それを唱える人間の滑稽さとかを作品に反映してるって言われてる。ようは風刺《カリカチユア》的な側面が強い。そういった精神性に、さまざまなエッセンスを加えて独自の世界観を表現してるわけだ。ここまではＯＫ？」

こくりと首肯する。認識に齟齬《そご》はない。

皐月《さつき》さんはさらに続ける。

「美術ってのは継承と派生が大事で、『誰の後に誰が続くか』みたいなコンテクストまで評価の対象になるわけ。ただ、『夏目《なつめ》』はそういうのを完全に無視して、見えてるものを描いたらこうなった！　みたいなパワーで鑑賞者をブン殴ってくるんだよな。それで専門家から一定の評価を得てる。で、おまけに若い。神格化される要件は十分に満たしてるんだよなァ」

「つまり……ほかの人がたどり着かないような方法で、いまの作風にたどり着いて、それを確立してるのがすごいってこと？」

「そう。しかもエグい作品がポンポン出てくる。まるでＡＩみたいにな。てか実際、『夏目《なつめ》』に一時期ＡＩ疑惑出てたもんな」

「そうなんだ……」

「すぐに否定されたけどな」

「……それは、どうして？」

「ふつうの人間には描けないのに、人間にしか描けない絵を描いてるから」

「…………」

こちらの反応を待たずに、皐月《さつき》さんは詳細な説明を始める。

「たとえば近年ではＡＩによる画像出力が話題だけど、現代においてＡＩを描画の手段《ツール》として使用する場合、コマンドを入力するのは人間だろ。ふつうの人間が完成図をイメージして学習ソースを用意して画像を出力させる際に入力するワードは、あくまでそいつが思い描く完成図を因数分解した単語になる。一方で『夏目《なつめ》』はどうかというと、そもそも見えてるモンが異なるわけで、『夏目《なつめ》』が見ているものを他者が汲《く》み取《と》って言語化することが難しい。つまり、橘《たちばな》棗《なつめ》がつくってるのは『夏目《なつめ》にしか描けない作品』ってことになるわけだ。理解できたか？」

「……えーと……なんとなく……？」

「なんとなくわかってるならそれでいい」

皐月《さつき》さんは優しい語り口で続けた。

「とりあえず、橘棗《たちばななつめ》は『徹底的にふつうの人間ではないからすごい』とだけ覚えてりゃいいさ」

回答を耳にして、ぼくは思った。

そんな棗《なつめ》さんが、誰しもが当然のように送っている『高校生活』を求めているのは皮肉な話だな……と。

3

さらにそれから数日後、よく晴れた休日のことだった。

ぼくが朝のルーティーンを終え、いつものように床に投げ散らかされたゴミを分別しているところ、夜通し絵に勤《いそ》しんでいたらしき棗《なつめ》さんから新たな要望が下りてきた。

「夜風《よかぜ》、ギャラリーに行く用事をつくって」

唐突な要求に、ぼくは嘆息しつつ答える。

「今日はどういう意図があるの？　そもそもギャラリーってなに？」

「画廊《アートギャラリー》のことに決まってるじゃん」

「それがなんなのかわからないんだけど……」

いわく、美術作品を展示したり、場合によっては作品を販売したりする場所を指すそうだ。展示品によっては値段がつけられていて、絵画や美術教本の購入も可能だそうだ。「あたしは直接行ったことがないからあくまで伝聞だけどね」と補足付きで説明を受ける。

「それで、棗《なつめ》さんは画廊にどんな用事があるの？」

「あたしの絵が置いてあるっぽいんだよね」

「『っぽい』ってなに？　勝手に展示されてるの？」

「そんなわけないじゃん。事前にギャラリーの企画者からアポイントもらって、こっちが許可出してるよ。画家が自分で出展スペースを借りることもあるらしいけど」

「……じゃあなおさらさっきの言葉と意味がつながらなくない？」

「展示しますよ~とは言われてても、実際に展示されてるのを自分の目で確認したことがないからわかんないじゃん。シュレディンガーの展示だね」

「どうしてこの流れでぼくが詰められてるんだろう……」

燃えるゴミ、燃えないゴミ、資源ゴミ、カン、ビン……と大まかに分別を終えたところで、ぼくは手についた埃《ほこり》を払いながら棗《なつめ》さんに確認をとる。

「つまり、棗《なつめ》さんの作品がきちんと展示されているかどうかを、ぼくが実際に画廊を訪れて確認すればいいってこと?」

「なんでそうなるの」

「なんでそうならないの！？」

「夜風《よかぜ》はそれでいいかもしれないけど、あたしが見れないと意味ないじゃん。写真よろしく」

「ああ……そういう意味か」

「ということでギャラリーに行く用事をつくって」

「ちょうどいま、できたところだよ」

「へぇ、奇遇だね」

そういうわけでぼくは突然、休日を棗《なつめ》さんのおつかいのために消費することとなった。

特にすることもないから、別にいいんだけどね。

朱門塚女学院《しゆもんづかじよがくいん》の校舎および学生寮は都内に存在する。

安請け合いしたものの、これまで生きてきたなかでほとんど電車に乗ったことのないぼくにとって、まるで網目のように張り巡らされた首都圏のメトロの路線図は理解に相当な時間を要した。

「一度新宿駅《しんじゆくえき》まで出て、それから九段下駅《くだんしたえき》まで移動して、都営新宿線《とえいしんじゆくせん》から……」

ぶつぶつと独りごとを漏らしながら経路を確認していく。

こういうとき、一度見たものを忘れない自分の体質は案外便利なものだなと気づく。これまでは料理人の調理手順を覚えたり、家具の配置を覚えたりと限定的にしか利用してこなかったので、こんな活用法があるなんて思わなかった。

戸惑いながらもなんとか地下鉄を乗り継ぎ、ガタゴトと揺られること数十分。

たどり着いた先は新橋駅《しんばしえき》だった。東京都港区《みなとく》にある有名なビジネス街。駅前の広場に汽車が置かれていたり、ぼくの想像の範疇《はんちゆう》を超えていた。

これまで目にしたことがないくらい人が密集していて、頭が痛くなる。

脳内に焼き付けた経路と、目の前にある建物の名前を照合しながら、目的地へとゆっくり歩いていく。

大通りに沿って10分ほど進み、いくつか交差点を曲がると、ようやく人通りの少ないスポットに出た。棗《なつめ》さんに教えてもらった目的地の周辺である。

しかし、どこにもそれらしき場所が見当たらない。画廊ってどんな佇《たたず》まいをしているんだろうか。しまった、それも棗《なつめ》さんに聞いておけばよかった……でもあの人も知らなそうだし、自力でたどり着くしかないか……と、操作の不慣れなスマートフォンを取り出しつつ周辺をうろうろとさまよっていた。

「──花菱《はなびし》さん？」

突然、背後から声をかけられた。

反射的に振り返ると、そこにいたのは朱門塚女学院《しゅもんづかじょがくいん》高等科1年A組出席番号5番──

「驚きました……こんにちは、君家《おおや》さん。こんなところで奇遇ですね」

「小町《こまち》でええって。ウチらクラスメイトやん？」

君家小町《おおやこまち》さん。

ざっと脳内からプロフィールを引き出す。出身は大阪府、デザイナー志望、交友関係は広く、ひと癖もふた癖もある朱門塚《しゅもんづか》の生徒でありながら、誰とでも分け隔てなくコミュニケーションを取っている。彼女の創作物を目にしたことはないけれど、たまに聞こえる言葉の端々やクラスでの立ち回りからは『器用な人』という印象を受ける。

まともに話したことのないぼくに対しても、まるで旧知の仲かのようにフランクに接してきた。ぼくは性別が露見するのを防ぐためになるべく周囲との関わりを避けているのだけれど、そんなぼくを『うまく馴染《なじ》めていない』と不憫に思って声をかけてきてくれたと考えれば別に不自然ではない。

ただ……不自然なのはこのロケーションである。

まさかこんな場所で級友に遭遇するなんて。

「ウチもまさか花菱《はなびし》さんと会うなんて思わんかったわ。なんでおるん？」

「それが――」

棗《なつめ》さんの存在を隠しつつ、簡潔に事情を説明する。

「ほんまに言《ゆ》うてる？　ウチも同じ企画展を観《み》に行くところやねん。いっしょに行こか」

渡りに船とはこのことか。

降って湧いた偶然に感謝しつつ、ぼくはお言葉に甘えることにした。

「まあ、入り口はあそこに見えるビルの地下なんやけどな」

彼女が指し示したのは、雑居ビルの1階部分。誘《いざな》われるがままに地下に立ち入ると、周囲の雑多な雰囲気とは違う、明らかに異質なデザインの扉があしらわれていた。

「ウチも初めて来たんやけど、思いのほか見た目が浮いとるなぁ」

そんなことを口にしながらも、画廊の入り口に向かって歩みを進めていく。

遅れて後を追うぼくに、小町《こまち》さんは同意を求めるように語りかけてきた。

「サラリーマンの街にひっそりと佇《たたず》む画廊――って、それだけですごい個性やんな」

小町《こまち》さんは、扉の脇に立てかけてある看板を指し示す。

企画展『内向性からの希望の創出』展——と記してある。

「……企画展？」

馴染《なじ》みのない単語を目にして、無意識のうちに疑問が口をつく。回答を期待したわけではなかったのだけれど、小町《こまち》さんが「ああ、それはな」と引き継いでくれた。

「いわゆる美術館と、こういうアートギャラリーで少し異なるんやけど、この場合は画廊が選んだ作品を借りて展示するやつ。美術館の場合は、施設が持ってる作品に加えて、国内外から作品を借りておこなわれる展示のことやね」

「詳しいシステムがわからないのですが、画廊の企画以外の場合もあるんでしょうか？」

「あるよ。貸し画廊って言って、画家が画廊を借りて自分の作品を展示するパターンやね」

なるほど、棗《なつめ》さんの説明にもあった気がする。

小町《こまち》さんのほうが数十倍わかりやすいけれど。

「……ということは、今回観《み》に来た企画展では、誰かひとりの画家にスポットを当てたわけではなく、たくさんの画家の作品が展示されているわけですね」

「呑《の》み込《こ》みが早くて助かるわ」

「ちなみにわたくし、画廊と美術館の違いもよくわかっていないのですけれど……」

「画廊は単純に、美術作品を展示するためのスペースのこと。美術館はざっくり言うと博物館とほぼ同義で、美術作品を中心とした文化的所産を収集、保存、展示したりして、それらの文化についての教育とか普及、研究なんかをするための施設。美術館学芸員って人が働いてて、その人らが展示の企画を組んだり、美術研究したりするんや。子ども向けの創作教室とかも開かれるし意外とオープンな場所やねんで」

まるで辞書を諳《そら》んじるような流暢《りゅうちょう》な回答に感心してしまった。

「丁寧にありがとうございます。小町《こまち》さんは美術館にもよく行かれるんですか？」

「行くっちゃ行くけど……画廊と違ってあっちは入場料取られるからな。言《ゆ》うても200円とか300円くらいやけど、交通費とか込み込みで1日分の食費くらいにはなってまうし」

ということは、今日に関しては特に入場料などは必要ないらしい。取り出しかけた財布をあらためて鞄《かばん》の中にしまった。

扉を開いて恐る恐る入ってみると、狭くて細長い通路が見えた。

ぎしぎしと床を軋《きし》ませながら、小町《こまち》さんの後に続いて奥へと進んでいく。

「荘厳《そうごん》な雰囲気やな。なんの変哲もないビルにこんな場所が隠れてるとは思わんかった」

「通路に上がるときに段差がありましたね。簀子《すのこ》でも敷いているんでしょうか」

「どこに目ぇつけてんねん興醒《きょうざ》めするやろ」

思わず声のトーンを荒らげてツッコんだ小町《こまち》さんは、スタッフに「施設内では静かにお願いいたします……」と控えめに注意されて「ごめんなさい！」と頭を下げていた。

いよいよギャラリーに足を踏み入れると、そこにはぽっかりと正四面体に削り取られたような空間が広がっていた。壁一面に、ところ狭しと絵画が飾られている。

「すごい……」

絵画それぞれが放つ世界観が、各所で大きな存在感を放っている。

薄暗く、埃《ほこり》っぽい空間は、まるでぼくを目の前の芸術に集中させようとするかのような意図すら感じる。

いつも部屋で見ている棗《なつめ》さんの姿が浮かんでくる。

キャンバスやタブレットに向かっている彼女をこの空間に放り込んでも、決して違和感なく溶け込んでしまうだろう——そう思った。

ふと目に入った風刺画を見てみると、どれも5桁、または6桁の額の値札が並んでいた。芸術に価値がつけられる世界。その異質さに気圧《けお》される。

隣で同じ絵画を鑑賞していた小町《こまち》さんが口を開く。

「ええもんをつくるためにええもんに触れる。朱門塚《しゅもんづか》に入学した以上は……行き止まりの道を行ったり来たりしてても意味あらへんねん」

行き止まりの道。

行ったり来たり。

……どういう意味だろう。

言葉の意図を紐解《ひもと》くよりも先に、小町《こまち》さんはあるひとつの作品を指さした。

「――あぁ、あったわ。ウチの目当てのモンが」

とある画家の作品群が広がっている。

引き寄せられるように近づきながら、小町《こまち》さんはさらに続けた。

「この展示はな、現代社会の闇とか、未来への不安とか、日々のストレスとか……そういったネガティヴなもんを作品に昇華した、いわゆる風刺画やな。そういうのをたくさん展示してるわけや。で、風刺画っていうたら――やっぱり、この人の作品は外せへんやろ」

『夏目《なつめ》』。

たしかにそう記してある。

ぼくのルームメイトが手がけた絵画が集結し、異質な存在感を放っている。

あらためて見てみると、1枚の作品ごとにさまざまな人間の表情がちりばめられている。恐怖や焦燥、絶望のようなネガティヴな感情が各作品からひしひしと伝わってくる。

注視すると、さらに新たな発見があった。

たとえば、棗《なつめ》さんの作品に多用される『赤色』。ただ1色の絵の具をべったりと塗り付けただけではなくて、赤色にもさまざまな色みのものが使われているのがわかる。彼岸花のような朱色があれば、静脈血のような暗めの赤、夏場の西日を思わせるオレンジ色。

各要素が渾然一体《こんぜんいったい》となり、精緻な筆致で作品ひとつひとつを形成している。

風景や人間、デフォルメされたような奇形の動物。いったいなにをあらわしているのか、ぼくには皆目見当もつかない。

「あの人は……こんなに……」

棗《なつめ》さんが著名な画家だということは知識として持っているし、鑑賞者の立場から目《ま》の当《あ》たりにしている。しかし、いつも部屋で見ている彼女の手掛けた作品が、あまたの絵画と並べられたなかでも特に大きな存在感を放っている事実に、ただ打ちのめされていた。

ぼくの隣で目を輝かせながら作品を楽しむ小町《こまち》さんが、ふたたび口を開く。

「間違いなく『夏目《なつめ》』はシュールレアリスムの系譜を受け継いでるんやと思う。有名なのはダリ……ああ、サルバドール・ダリな。それにマックス・エルンスト、ルネ・マグリットやろ。ほかにもポール・ナッシュとか、近代ではヤン・シュヴァンクマイエルとか、そういう類《たぐい》や。たぶんこういう作品は、描こうと思って無理やり別の解釈を当てはめるわけじゃなくて『夏《なつ》目《め》』自身に見えている世界ありのままがこういう形をしてるんとちゃうかな」

「はあ……勉強になります……」

適切な返答がわからず、お茶を濁す。皐月《さつき》さんが言っていたことと関係するのだろうか。専門的な話はわからない。わからないことを突《つつ》くと余計にわからなくなる。そんな気がする。

シュールレアリスムという言葉はかろうじて聞いたことがある。過去に辞書を読んだときに概要を記憶した程度だけれど。『超現実主義』……だったはず。やっぱり詳細はわからない。

あっけにとられるぼくをよそに、小町《こまち》さんはさらに続ける。

「一説によるとな、『夏目《なつめ》』ってめちゃめちゃ若いらしいで。表に出とらん情報やけど、熱心なファンが考察しとってな。登場する建物の描写とか、人物のファッションとかが近代的らしいんや。それこそ、ウチらと同年代くらいちゃうかとすら言われとる。こっちは不安になったからこそ解消するために作品を観《み》に来とるのに、ほんまに同年代やったらかなわんよな」

ここはノーコメントで。

美術史を知らないぼくが、論理的に作品を理解しようとしても難しい。だから、もっと直感的に観《み》ようと思い、目についた作品に近づいてみた。

題名、『バグってる』。

頭部の断面図。あらわになった脳のなかに、虫のようななにかが入り込んで、頭蓋骨をコックピットみたいにして操作している。

どういう思考で描かれたものなのだろう。

棗《なつめ》さんには人間がどんなふうに見えているのだろうか。

「うげぇ」

小町《こまち》さんが苦虫を噛《か》み潰《つぶ》したような顔をする。

「もしも」

ぽつりと、小町《こまち》さんがつぶやく。

「もしも、ほんまに『夏目《なつめ》』が同年代の人間やったとしたら」

「……だったとしたら？」

「話してみたいなぁ。どういう環境で育ってきて、どういうことを考えながら生きてて、どういう気持ちでこんなにエグい作品を生み出してるのか聞いてみたい。真摯に目の前の作品と向き合っていて、アイデアを表現する手段を無数に持ってるんやろなぁ」

これもノーコメントで。

ぼくは棗《なつめ》さんのことをよく知らない。知っているのは、ただ言動が突飛で、私生活がとんでもなくだらしなくて、時間にルーズで、人の多い空間に溶け込めなくて、睡眠周期が常人とズレていることとくらいだ。

「しっかし歩き疲れたなぁ。ちょっと休憩せえへん？」

「いいですけれど……」

思わぬ提案を受けて反射的に首肯すると、小町《こまち》さんは続けてこんなことを口にした。

「ついでに、委員長に相談があんねん」

4

あれよあれよと乗せられて、結局同行することになってしまった。

小町《こまち》さんとは教室で数回話した程度だったけれど、ふたりきりで面と向かって話すのは初めてだ。

なのにもかかわらず、ちょうどよい距離感を保ちながら、いつのまにかペースを握られている。コミュニケーション能力がずば抜けて高いんだろうなぁと思う。

ギャラリーを出てしばらく歩いたところにある喫茶店に場所を移し、ぼくと小町《こまち》さんは座席に腰を下ろした。芸術に囲まれた異空間から放り出されたような錯覚すら覚え、同時にずっしりと足腰が重くなった気がする。そういえば寮を出てから電車に乗っているとき以外ずっと歩きっぱなしだったなぁ。

店員にアイスコーヒーを2つ注文して、周囲を見渡す。店内は広々としていて、天井にはくるくると大きなファンが回っている。休日の昼下がりという時間帯もあいまってか、テーブル席で談笑する中年女性のグループや、カウンター席でパソコンと向き合っている大学生らしき人がちらほら見えた。

「わたくし、東京の喫茶店に入るのは初めてです。きれいなところですね」

「ここチェーン店やけどな」

ぼくの言葉に、小町《こまち》さんは特に気にした様子もなく答える。

「通常のチェーン店はきれいではないんですか？」

「いやいや、そっちに係ってるんじゃなくて、こういうカフェは都内のどこにでもあるで。朱《しゅ》門塚女学院《もんづかじょがくいん》の近所にも3、4店舗あったはずやろ」

知らなかった。花菱《はなびし》のお屋敷にいたころから外出する日課がなかったので、学生寮の周辺を目視で確認していない。ゆえに学園の周りがどうなっているのかがわからないのだ。

やがて頼んだ飲み物が運ばれてくる。

「で、花菱《はなびし》さん。ウチの相談なんやけど」

先ほど美術の解説をしてもらった恩がある。話を聞くだけでお礼の代わりになるなら安いものだ。冷たいコーヒーで喉を潤してから、小町《こまち》さんはふたたび口を開いた。

「穂含祭《ほふみさい》に提出する作品が決まらんねん。ウチのセンスの無さとか、技術不足が原因ってことはわかっとるんやけどな……」

滝が流れ落ちるように小町《こまち》さんは続ける。

「朱門塚《しゅもんづか》にはすごい人がいっぱいおるやろ。それこそ、子どものころから夢を追いかけてなにかに打ち込んでたり、素人目《しろうとめ》で見ても圧倒されるような作品を手がけたり、なんなら実際に活躍してる人もおる」

「そうですね。そういう場所ですから」

「自分では理解してるつもりなんやけどな。周りと比べてもしゃあないって。でも……そういう人らって、常になにかを吸収して、なにかを生み出し続けてるやろ。どこまでも走り続けていて、それを苦行やと思っとらんねん。生み出すのが当たり前やから。だからこそ……作品を創出することに莫大《ばくだい》なエネルギーを使ってるウチは、まるで停滞してるみたいやなって」

「停滞……ですか」

「身にならんもんをつくり続けるのは、単なる時間の消費やろ」

小町《こまち》さんは吐き捨てるように言った。

「まわりの子と話してもな、みんな第一に自分の作品のことを考えとる。朱門塚《しゅもんづか》はそういう場所で、そうあるべきで、そうしたい生徒が入学してきとる。もちろんウチもそういう環境を求めて、わざわざ地元から上京してきたんや。でも——そう思えば思うほど、頭も、手も動いてくれへんねん。なにをしたらええかわからんのや」

言葉の奔流が途切れる。

そこでぼくは確認の意味を込めて問いかけた。

「小町《こまち》さんは服飾デザインを専攻されているんですよね？」

「せやで。よう知っとんな」

「学園のみなさまがどのような活動をされているのか、すべて覚えていますから」

「すべて？　んなアホな」

苦笑いをする小町《こまち》さんに、ぼくはクラスメイトを五十音順に、それぞれの専攻を添えて暗唱してみる。次に隣のクラス、さらに隣のクラスと続けていき、ひとつ上の学年の情報までさしかかったところで「待った待った！」とストップがかかった。

「すごすぎるやろ、ぜんぶ覚えてるんか？」

「覚えていると言いますか、焼き付くと言いますか」

「花菱《はなびし》さん記憶力ええんやねぇ。日本史とか得意そうやね」

「脈絡ありませんね……」

勢い余って転びそうになる身体《からだ》を立て直しつつ、ぼくは応える。

「勉強は不得手です。家の都合であまり小学校や中学校に通えなかったので」

「そうなんや、意外やなぁ……せやったら質問を変えて、朱門塚女学院《しゅもんづかじょがくいん》の校則の第24条は？」

『『第22条の規定により休学中の生徒が復学しようとする際は所定の書類にその旨《むね》を明らかにして必要書類を添え、保証人において願い出て校長からの認可を受けなければならない』」

「朱門塚女学院《しゅもんづかじょがくいん》の校長の名前およびプロフィールは？」

「朱門塚明日華《しゅもんづかあすか》、44歳。4歳のときに劇団ヒガンバナに所属、子役として俳優デビュー。15歳のころに出演した映画『沈黙の空』でシネマ主演女優賞を受賞、以降は俳優と並行しタレントとしても活躍。35歳で芸能界を引退し、次世代の芸能人および芸術家育成のため学校法人朱門《しゅもん》塚女学院《づかじょがくいん》を創設、以降9年間、同校の校長をつとめている」

「朱門塚女学院《しゅもんづかじょがくいん》の学生寮の庭園に置いてあるベンチの数は？」

「芝生の上に5つ、ガゼボの中に2つですね」

脳内に再現した風景をもとに回答するぼくを、君家《おおや》さんはあんぐりと口を開けて見ていた。

「どうかされましたか？」

「いや、なんていうか、あれやな……記憶力がいいどころの話ちゃうなと思って」

狼狽《ろうばい》したような反応だった。

「ごめんなさい、話の腰を折ってしまいました」

謝罪を挟み、当初の話題に仕切り直す。

「小町《こまち》さんは、どうして服飾デザインに興味を持ったのですか？」

「実用性を考えた上で、自分が目指す分野として妥当やと判断した。それだけや」

「…………ええと？」

真意をはかりかねたので聞き返すと、

「人間の偉大さは『他人にどれだけ影響を与えたか』で決まると思ってんねん」

小町《こまち》さんは詳細を語り始める。

「ウチはな。服飾にも、それこそデザインにもこだわりはあらへん。現代人なら誰でも服は着るやろ？　ってことは、洋服をデザインする人間になれば、それだけ多くの人間に自分の影響を与えてる状態になるんちゃうかと思った。そういう感じで、自分が実現したいところから逆算して選んだのがたまたま服飾デザインやったんや」

「……あまりにも理路整然としていて、どこに悩みがあるのかわかりかねるのですが」

「大アリやろ」

いまいち問題点が摑《つか》みきれないぼくに、小町《こまち》さんは嘆息しつつ続ける。

「さっき言ったとおりや。才能のある人間は、当たり前のようになにかを生み出し続ける。その中にはもちろん、デザインが大好きで、ずっとデザインのことを考えてて、食ってるときも寝てるときもデザインのことで頭がいっぱいな人がぎょうさんおる。朱門塚《しゅもんづか》はそういう場所や。そしてウチは……絶対に、そういう人間には勝てへん。そういう現実を突きつけられると絶望するやろ。でも、なにが嫌かって——」

まるで絞り出すような声だった。

教室で社交的に振る舞っている彼女からは想像できない、余裕を失った声色。

「——そういう、好きが高じてなにかを生み出す側に回った人間こそが認められる世界であってほしいなあ、って……頭の中で考えてしまう自分がいるんや」

きっと、小町《こまち》さんが欲《ほっ》しているものは共感ではないと思う。

同情でもなければ、指針でもないだろう。

だとすれば、彼女はなにを求めているのだろうか。

「ウチはな、ええもんをつくるためにはええもんに触れなあかんと思うねん。せやからいろんな芸術作品とか、芸能に触れるようにしてる。画廊に通ってみたり、知らんバンドのライブを観《み》に行ってみたり、空間デザインの展示場に足を運んでみたり。演舞場でバイト始めたんも、演舞場で働けば空き時間に舞台を覗《のぞ》けるし、インスピレーションをもらえるかなぁと思ったからなんやけどな。単純やろ？　おかげで知識ばっかり頭に溜《た》まってしゃあないわ」

こちらを待たず、自分に言い聞かせるような口調で小町《こまち》さんは続けた。

「せやから今日も、休日を潰してギャラリーに来てみた。まぁ一番の理由は『夏目《なつめ》』の作品をこの目で見てみたかったからなんやけど……でも、あかんなぁウチは。圧倒的な才能を目の当《まあ》たりにして、押し潰されるみたいに胸が苦しくなったわ。『夏目《なつめ》』の作風的には合っとるんかもしれへんけどな」

あはは、と力なく笑みを浮かべる。

「小町《こまち》さんは頭がいいんですね」

ぼくはそう告げた。

客観的な意見を述べること。それがぼくの導き出した解答だ。

「お話をうかがう限り、小町《こまち》さんは俯瞰的《ふかんてき》にものごとを見る方なのだなと思いました。だからこそ矛盾に苦しんでいる。世間に作品を送り出す人間とはこうあるべきだ、世間はこうあるべきだという気持ちが固まっていて、一方でご自身の人間像がそこに適合しないことに苦しんでおられるように感じました」

「あらためて言語化されると反応に困るけど、そういうことやと思う」

うーん、と首をかしげながら頷《うなず》く小町《こまち》さんに、ぼくは語りかける。

「それって、小町《こまち》さんの強みではありませんか？」

「強み？」

怪訝《けげん》な表情でこちらを見やる彼女に、ぼくは応える。

「ものごとについて客観的に、どういう状態かを見抜く力がありますよね」

「そんなん言われてもようわからんな」

「正直に申し上げますと……わたくしには経験値が足りません。小町《こまち》さんの悩みへの向き合いかたを知りません。どのような結果が得られて、小町《こまち》さんがどう納得するのか……」

「せやんな。めんどくさい話を振ってごめんな」

「ですが、ひとつ提案があります」

ぼくはそこで言葉を区切って、彼女の反応を待つ。

小町《こまち》さんの視線が、その先を欲《ほっ》しているのがわかった。

「月曜日の放課後、面談室まで来ていただけますか。教員室の奥にある、重たい防音扉のある部屋です」

「……それがどうしたん……？」

「こういうとき、頼りにすべきは大人ですよ。それも——我々のことを最も近くで見ている大人です。すなわち……」

「すなわち……？　誰のことや……？」

「横暴極悪年下趣味女王様気質破天荒女教師です」

「ほんまに誰のことや⁉」

5

喫茶店を後にして、日が暮れ始めるとともに拡大していく人波から逃れるように電車に乗って、ふたりで話をしながら学生寮へと戻った。自分でも知らず知らずのうちに小町《こまち》さんと会話が続くようになっていて、結果的に楽しめた気がする。

ちなみに、部屋に戻ったとき、棗《なつめ》さんはベッドで布団《ふとん》にくるまって熟睡していた。デスクには描きかけのスケッチブックが散乱していて、糸が切れたように寝床に倒れ込んだのがわかるくらいに部屋が荒れ果てている。結局、翌日まで棗《なつめ》さんは目を覚まさなかった。一度スイッチを入れたら電池が切れるまで動き続けるモーターのようにずっと動いていて、なんの前触れもなくパタンと活動を停止する。


以前、なぜ『面談室』に大層な防音扉が備え付けられているのかと皐月《さつき》さんに尋ねたことがある。答えはとても端的で、「ウチの学園は特殊だからなァ、他人の耳に入れちゃマズいことを話せる場所が必要なんだよ」とのことだった。皐月《さつき》さんが意味もなくぼくを呼び出して雑談に付き合わせる理由がそこでわかった。

ずっしりと重量感のあるレバーを捻《ひね》って室内に立ち入ると、すでに皐月《さつき》さんがスタンバイしている。つい先ごろ教室で見せていた精悍《せいかん》な表情とはうってかわってダラけきった様子に、ぼくの後ろから顔を出した小町《こまち》さんが「えぇ……？」と声をあげた。

「皐月《さつき》さん、昨日連絡したとおり小町《こまち》さんを連れてきたんだけど」

「見りゃわかる。とりあえず適当に座りなよ。茶でも飲むか？」

「どうせ自分で淹《い》れないくせに」

「毎回、誰かさんが勝手に気《き》を利かせてくれるからなァ」

ぼくは混乱した様子の小町《こまち》さんへと向き直り、口を開く。

「『生徒からの相談に耳を傾けるのも教師の立派な仕事』だという言質《げんち》を取ってありますのであらためて紹介させていただきます。こちら、担任教師の花菱皐月《はなびしさつき》先生です」

「知っとるけど……？　いや、知っとる姿ではないんやけど……」

「生徒のいないところではいつもこんな感じですよ、これは」

「てめぇ担任を『これ』って呼んだなァ⁉」

大人の威厳などどこへやら、感情むき出しで声を荒らげる皐月《さつき》さん。ぼくの前では距離の近い年上の親戚だが、ほかの生徒には『クールなお姉さん』で通っているのだからわからないものである。

さて、この場の主役はぼくじゃない。

先を促すと、皐月《さつき》さんも応える。

「さてと。君家小町《おおやこまち》。あらかた事情は聞いてるけど、言いたいことがあればブチ撒《ま》けてもらってかまわねぇよ。どうせ防音だ。叫んでも外に声は漏れねぇからさ」

「……あ、いえ、ウチも突然のことなんで」

皐月《さつき》さんは——俯《うつむ》く小町《こまち》さんに優しく笑いかける。

「まずは相談してくれてありがとう。気付けなくてすまねえな」

すると小町《こまち》さんは、そのままの姿勢で声を絞り出した。

「やっぱりウチ、この学校に向いてないんかなって……」

「んなワケあるか」

皐月《さつき》さんの即答に、小町《こまち》さんはハッと顔を上げる。

「朱門塚《しゅもんづか》に向いてない学生なんていねえよ。なぜならこの場所は、結果としてクリエイターを多数輩出しているだけであって、根本はまったく別の理念を持ってるからだ」

「別の……理念……？」

「生徒の可能性を見守ること。それがうちの理念だ」

絞り出したような小町《こまち》さんの声に対して、皐月《さつき》さんはきっぱりと告げる。

「この学校は生徒の才能の後押しに特化してる。もちろん、生徒がなにを目指しているのかがもっとも重要だが、とはいえそんなのはどの学校も同じだろ。周囲との実力差を感じたり、目指しているものと本人の資質にミスマッチがあったりして学校を去る生徒はいるけど、それも結局、どんな学校でも起こりうるわけでさ」

「……結局、ウチの見通しが甘かったんですかね」

「なに言ってんだ。見通しが甘いのなんて当たり前だろ。だいたい、大人に見通せねえもんを学生が見通せるわけねえじゃん。大事なのは、壁にぶつかったときに本人が解決策や進む道を考えることと、そこに学校が寄り添うことだよ」

その言葉に、小町《こまち》さんは目をしばたたかせる。

「正直、意外でした。花菱《はなびし》先生って、あんまり生徒に関心がないのかなって」

「そう見えるか？　だろうなァ、そういうふうに見せてるから」

「……なんの意図があって？」

「高校生になった時点でお前らは義務教育の領域から外れてる。それでもふつうの学校では、なんやかんや教師が生徒に干渉するもんだろ。でも朱門塚《しゅもんづか》じゃだめなんだ。生徒に自分で考えさせて、悩ませて、自らの力で答えにたどり着かせなきゃならない——ただ、その一方で」

皐月《さつき》さんはすこし言葉を区切って、姿勢を正す。

「もしも生徒が悩んでいるのなら、私たち教師は悩みの受け皿にならなきゃいけない。私だけじゃない。朱門塚《しゅもんづか》の教師全員がそういうスタンスを取ってる。じゃないとこの学校の教師にはなれねぇんだよ。変な学校だろ？」

そこまで聞いて、小町《こまち》さんは口の端をひくつかせながら言葉を絞り出す。

「──穂含祭《ほふみさい》……なにを提出すればええんか、わからないんです」

「あんまり思い詰めるなよ」

「そんなん言《ゆ》うても無理です。ウチはこの学園ではただの凡人でしかない。天啓みたいにアイデアが下りてくるわけでもないし、頭に浮かんだものを実体化させられる技術も足りてないし……それに、やっぱり嫉妬するんです」

「嫉妬しないほうが不健全じゃね？　誰しもが持つ感情だろ」

「不健全でもええんです。だって……そうじゃないと、ウチはこのまま、この世界になにも残せへんまま潰れてまうから……」

小町《こまち》さんはどこか肩の力が抜けたような調子で、ふたたび言葉を紡《つむ》ぎ始《はじ》める。

『果たして自分はこのままでいいのか』という不安や悩みは、向上心のある人間しか持てないものなんだ。悩み続けた先に、きっと自分の進むべき道が見えてくるぜ」

きっと皐月《さつき》さんなりのコミュニケーション術なのだろう。小町《こまち》さんの反応を待たずに「これはあくまで私の主観的な意見だが」と前置きしつつ、先を続けた。

「私は担任教師としてお前のことを高く評価している。教室にお前みたいな子がいてくれるのはありがてぇよ。誰とでも仲良くなる抜群のコミュニケーション能力を持ってるし、気難しい生徒の多い朱門塚《しゅもんづか》ではある意味で異端だとも言える」

突然の誉《ほ》め言葉《ことば》に、小町《こまち》さんは面食らったように沈黙する。

「ムードメーカーは組織に必須なんだよ。成果至上主義の世界であってもベースには人間関係がある。人と人が結びついてなにかをつくる上で、緩衝材になれる存在ってのは貴重なんだ」

そこで、ぼくは口を挟んだ。

「ずっと思ってたんだけど、それって学校として破綻してないの?」

皐月《さつき》さんはこちらに視線を向けることもなく、淡々と答える。

「学校として成立させる必要がねぇんだ。朱門塚《しゅもんづか》はみんなで仲良く手をつないで思い出をつくる場所じゃねえ。無形文化を残すために技術を研鑽《けんさん》する育成機関なんだよ」

「そんな環境でも、ムードメーカーは重要なんだ?」

「だからこそだよ」

皐月《さつき》さんはぴしゃりと口にした。

「そういう場所だから、なるべく多くの教え子に卒業してもらいてぇんだ」

ふたたび小町《こまち》さんに語りかける。

「君家小町《おおやこまち》、お前にいいことを教えてやる。大人になるとなァ、絶対的に人と人とのつながりが重要視されるんだ。どんなに優れたクリエイターでも、自分の作品を広めて、世の中に送り届ける術《すべ》を持たなければメシは食えねぇ。一部の天才を除いて、コミュニケーション能力は必ず必要とされるスキルだ。自分でなにかをつくり出せなくてもいいじゃん。誰かと誰かをつないで、あたらしい価値を創出する助力をすれば、出来上がったモノにお前も噛《か》んでるってことになるだろ」

「あ……あ……」

熱意のこもったエールを受けて、小町《こまち》さんは声を震わせる。

「ありがとう……ございます……花菱《はなびし》先生……」

瞼《まぶた》の端には薄い雫《しずく》が見えた。きっと見間違いではないだろう。

小町《こまち》さんはこちらに潤んだ目を向けて、口を開く。

「花菱《はなびし》さん……って、どっちも花菱《はなびし》やからわかりづらいよな。風音《かのん》さんも、ありがとうな。ウチのために色々考えてくれて」

「わたくしは大人の力に頼っただけですよ」

「ううん、めっちゃ助かった。ひとりで抱え込むんは辛《つら》かったし、誰かに話を聞いてもらうだけでもありがたいわ。こうして先生にアポまで取ってくれて……」

こうして真正面から感謝を伝えられたことは、これまでの人生で数える程度しかなかった気がする。そんな思いが頭を駆け巡って、なんだか気恥ずかしくなってしまった。

一気に空気が弛緩《しかん》する。

「しっかし、アレだな」

皐月《さつき》さんがつぶやいた。

ふんわりしたムードに中《あ》てられたのか、上機嫌なのが見て取れる。

「夜風《よかぜ》が他人のために動くなんて珍しいよな」

——おい。

ぼくは皐月《さつき》さんを睨《にら》みつけながら答える。

「成り行きですよ、花菱皐月先生」

「私は嬉《うれ》しいよ。夜風《よかぜ》には学生生活を楽しんでほしかったからさァ。お前がこの学校に無理やり入学させられたとき、どうなるかと思ったし。友達ができるなんて思わなかった」

ぼくは射殺すように眼光を強めながら、なおも続ける。

「わたくしに委員長という大役を押し付けたのは先生、あなたでしょう？　理由がどうあれ、級友に健やかな日々を送っていただくため尽力するのは当然です」

「そりゃ夜風《よかぜ》が適役だと思ったからじゃん？　お前、人の顔とか地図とかマニュアルとか、一度見れば忘れないし。サポートキャラとして優秀なんだよ」

「…………はぁ」

睨《にら》み続《つづ》けるのも疲れてしまった。

もうどうにでもなってくれ。

「おー？　どうした？　私の立派な姿を見て感銘を受けちまったのか？」

完全にすべてを諦めて投げやりになっているぼくの気持ちも知らないで、意気揚々と語りかけてくる皐月《さつき》さん。

「あの――」

やはり現実は厳しいもので。

容赦無く、小町《こまち》さんは口を開いた。

「さっきから花菱《はなびし》先生が言《ゆ》うてる、夜風《よかぜ》って誰のことなん？」


ぴん、と空気が張り詰める。

肌を刺すような静寂がこの場を制圧する。

膠着《こうちゃく》した室内で、静寂を破ったのは、

「あ」

という、皐月《さつき》さんの間抜けな声だけ。

ぼくは呆然《ぼうぜん》とする担任教師に言い放つ。

「どう責任を取ってくれるのかな、皐月《さつき》さん？」

「えっ……とぉ……」

「説明は任せましたからね。こちらに落ち度はありませんから」

「あ……はは……えーっと……君家《おおや》、このあとちょっとだけ時間もらっていいか……？」

「……あれ、もしかしてウチ、聞いたらあかんこと聞いた？」

ぼくは大きくため息をついて、重厚な防音扉を開いて面談室を後にした。

6

部屋に戻ると、棗《なつめ》さんは飴玉《あめだま》を頬張りながら作業に没頭していた。頭を酷使するから糖分が必要なのか。食事を終えてから、ぼくは昨日伝えられなかった件について切り出した。

「そういえば棗《なつめ》さん、例の展示だけど——」

「見せて」

食い気味に席を立ち、身を乗り出してくる棗《なつめ》さん。ぼくはあわてて弁明した。

「見せてって言われても。写真撮影禁止って書いてあったし、そもそもぼく、スマホの使いかたよくわからないし」

「えー」

頬をふくらませて不満そうな声をあげるが、こちらも想定外だったので許してほしい。

「ギャラリーって全部が全部写真撮れないわけじゃないでしょ？」

棗《なつめ》さんは大きくため息をついたかと思えば、すぐに続けた。

「じゃあ夜風《よかぜ》が見た景色を言語化して。できるよね？」

「そんなこと言われても……」

「別に全部が全部詳細に知りたいわけじゃない。あたしの作品がどんな演出で、どんなふうに展示されてるのかを知りたいだけだから。文字情報だけでだいたいわかる」

「それなら……」

流暢《りゅうちょう》に説明はできなかったけれど、脳に焼き付いた風景をそのまま口にする。幸い、どの位置にどんな絵が飾られていて、どんな題名とどんな注釈がつけられていたのかはわかる。

かなりの時間を要したけれど、ひとしきり状況の再現が終わる。

ぼくがすべてを伝え終えたあと、棗《なつめ》さんから出てきたのは思いもよらない言葉だった。

「あたしの絵を神格化するのは違うじゃん」

想像の範疇《はんちゅう》を超えた反応。同時に、想定の範囲内だった。

神格化。

展示スペースの脇には『新進気鋭のアーティスト』『独創的な視点から描く社会風刺』などの文言が添えられていたけれど、果たしてそれが神格化にあたるのかどうか、ぼくにはわからない。ただ、あの異空間にあってなお特別な扱いを受けているのは明らかだった。

「それだけたくさんの人に支持されているってことじゃないの？」

「もっとゴミみたいに扱ってほしいんだけどなぁ」

棗《なつめ》さんは不満そうに口を尖《とが》らせる。

「あたしは見たものをそのまま描いてるだけ。考えて描いてるわけじゃない。あたしに見えてる景色を投影しただけ。神聖なものじゃない。あたしに見えているものが特別視されて神格化されてしまったら、あたしが神になるってことじゃん。あたしは神として不完全すぎる」

なにを言っているのか理解できなかったけれど、かろうじてわかったのは、棗《なつめ》さんにとって例の展示は納得できるものではなかったということ。

理解をする必要はないのかもしれない。

場を支配してしまうほどの迫力を持つ作品を『見たまま投影』してしまう棗《なつめ》さん。だからこそ彼女は天才と呼ばれている。

ふと、小町《こまち》さんと皐月《さつき》さんの問答を思い返した。

朱門塚女学院《しゅもんづかじょがくいん》という特別な環境に呑《の》まれて、現状の立場に不安や不満を覚え、自らを『停滞している』と表現した小町《こまち》さん。

対して棗《なつめ》さんはどうだろう。

食事も睡眠も後回しにして絵を描き続け、圧倒的なセンスをもって特例措置を勝ち取り、歪《いびつ》な学園生活を送っている。

同じ部屋で暮らし始めて1週間が過ぎたけれど、眠っているとき以外、彼女の手が止まった瞬間を見たことがない。ずっと芸術に向き合い、屈せずに戦い続けて、インターネットを通してさまざまな人々から英雄のようにあがめられている。

『夏目《なつめ》』が独りで突き進む姿に、ただ圧倒されてしまう。

──この人に『壁』はあるのだろうか。

7

さらに翌日、授業が終わると同時に小町《こまち》さんがぼくのもとへとやってきた。

「風音さん、昨日はありがとうな」

そのひと言ですべてを察した。ぼくが「お気になさらず」と応じて教室を後にすると、小町《こまち》さんも同じ歩幅で後をついてきた。

校舎から出て、学園の庭園へ。その一角に設《しつら》えられたベンチに腰を下ろすと、示し合わせたように小町《こまち》さんも座る。

単刀直入に尋ねてみた。

「皐月《さつき》さんから、どこまで？」

「まあ、だいたいは」

「できれば正確に」

「花菱《はなびし》家のやんごとなき事情で、本来入学するはずだった花菱風音《はなびしかのん》さんの身代わりとして、妹である夜風《よかぜ》さんがここに来た。学園では花菱風音《はなびしかのん》として振る舞っている。花菱《はなびし》家は伝統舞踊の家元で、宗家を継ぐための要件として朱門塚女学院《しゅもんづかじょがくいん》卒業の経歴が必要……ってことくらいかなぁ」

なるほど、ぼくの性別と花菱家《はなびし》の特殊性そのものについてはノータッチらしい。

ぼくは内心ホッとしつつ「そうですか」と当《あ》たり障《さわ》りのない返答をした。

「なぁ、夜風さんは——」

思わずビクリと背筋が張った。

「……小町《こまち》さん、どこに目や耳があるかわかりません。できればそちらの呼びかたは金輪際控えていただけますと」

「ごめん、でも聞きたいことがあるんや。周りに人もおらんし、ここなら話せるかなって」

「聞きたいこと？　わたくしに……ですか？」

内心、身構える。

ぼくの女性としての所作は完璧だと思う。朱門塚女学院《しゅもんづかじょがくいん》の特殊性も関連しているとは思うけれど、この数ヶ月の間、周囲から妙な視線を浴びせられたことはない。

『世間知らずのお嬢様』というメッキが剝がれたことはないはずだ。

ぐるぐると思考が回るなか、僕の心の動きなど知る由《よし》もないだろう小町《こまち》さんは、さらにその先を続けた。

「夜風《よかぜ》さんは舞踊やってるんよな？」

「………………」

一瞬、返答に窮してしまった。

しかしすぐに表情をつくる。

「していませんよ」

ぼくの答えに、今度は小町《こまち》さんが首をかしげる。

「やってない？　花菱《はなびし》家って舞踊の家なんやろ？　お姉さんだって――」

「わたくしは教わっていないんです」

「そうなん？　じゃあ穂含祭《ほふみさい》どうするん？　演舞やらへんの？」

「演舞自体は再現できますよ。教わっていないだけで、見てはいましたから」

「……見ただけでできるもんなん？」

「一応、それらしいことはできます」

伝統舞踊――とりわけ日本舞踊と呼ばれるものは、根底に歌舞伎の要素がある。主に男性が演じた演目から派生し、そこに女性による舞踊が加わったことで発展したものだ。

家によって細かい部分に差異はあれど、踊り、舞、仕草……これら3つの要素が重要視されるものだ。花菱《はなびし》家も例に漏れず、原初の作法を基に舞を組み立てている。

らしい。

直接教わったものではないから、あくまで書物で目にした概要でしかないけれど。

「ウチにも見せてくれへん？」

小町《こまち》さんがぐいっと顔を近づけてくる。

「……ええと、なにをでしょう？」

「話の流れ的に、花菱《はなびし》さんの演舞に決まっとるやん」

「脈絡がないような」

「画廊を回ったあとカフェで言ったやん、『ええもんをつくるにはええもんに触れるしかない』って。ジャンルは関係ないねん、ウチはなんでも吸収したいんや」

お願い！　と目の前で両手を合わせる小町《こまち》さん。

「申し訳ありませんが――」

断る言い訳を考えはじめたとたん、過去の情景が蘇《よみがえ》ってくる。

『次の演舞、あたしの代わりにやってみない？　お化粧すればバレないって』

『でも風音《かのん》、ずっと稽古してたでしょ。ぼくなんかが――』

『だいじょうぶだよ。夜風《よかぜ》はいらない、いらない子なんかじゃないってみんなわかるから！』

『じゃあ、やってみようかな――』

そこからすぐに時間軸が移動する。消えない現実を知らしめるように。

『風音《かのん》！　そんな所作は教えていませんよ！』

激しい罵声が頭に響く。

『感情が乗っていない。まるで面白みがない。それに基本的な所作がまるで成っていない』

──教わらなかったから。

『そんな型は教えていないでしょう！』

──知らなかったから。

『この程度で花菱《はなびし》家の跡取りが務まるとでも？』

周囲の視線に身体《からだ》を貫かれる。


ふたたびシャッターが切られるように、脳内の映像が転換した。


目の前には双子の姉が立っている。

『ごめんね……風音《かのん》……ごめんね……』

『ううん。いいんだよ夜風《よかぜ》』

『よくないよ。また風音《かのん》が怒られちゃう……』

『いつものことじゃん』

『でも、今日は基本的な型すらできていないって……』

風音《かのん》が、半ば虐待のような厳しい稽古をつけられていたことをぼくは知っている。半強制的に演舞場に立ち続け、血の滲《にじ》むような努力を重ねてきたことも知っている。

それを、ぼくは一瞬で粉々に打ち砕いてしまった。

『ごめんね……風音《かのん》……』

風音《かのん》は「できる」と期待してくれた。

でも、ぼくは期待に応えられなかった。

後に残ったのは、どうしようもない喪失感と後悔だけ。

こんなことなら……やってみようかな、なんて答えなければよかった。

自分も表舞台に立ってみたいだなんて思わなければ、こんな気持ちにならずに済んだのに。

『なにも変わらないね。夜風《よかぜ》も、この家も。ずっとあたしたちは家に縛り付けられたまま生きていくしか……ううん、生かされるだけ。つまらないね。ほんと……つまらない』

『……次は！　次はちゃんと、足りないところを見るから』

『あたしだけは夜風《よかぜ》の味方だからね』

ぼくはふたたび風音《かのん》に抱きついて涙を流す。風音《かのん》もぼくを抱く手にぐっと力を込める。

『絶対に味方だからね』

子守歌のように……あるいは呪詛《じゅそ》のように風音《かのん》はつぶやく。何度も、何度も。

やがて、瞳の中に仄暗《ほのぐら》い闇のような炎を燃やしながら、こう口にした。

『いつか終わりにしなくちゃね』

一度見たものを忘れない、この体質。

それは——ただの呪いでしかない。

「…………………ッ！　うぅ……ッ！」

頭がきりきりと痛む。

まるで『これ以上思い出すな』と思考をせき止められているようだった。

「夜風《よかぜ》さん、だいじょうぶ⁉　どこか具合悪いん⁉」

「いえ……問題ありません。お気になさらず」

「気にするって！　ごめんな、ウチが夜風《よかぜ》さんのこと根掘り葉掘り聞いたから——」

ぼくの至上命令は『朱門塚女学院《しゅもんづかじょがくいん》を卒業すること』であり、それ以上を望んではいない。与えられた使命を全うするだけだ。そこに向上心や野心は存在しない。

「ごめんなさい、小町《こまち》さん。演舞を見せたいのはやまやまですが、すこし事情がありまして」

「詳しく言わんでええよ……ウチが無遠慮やった。ごめんなさい」

小町《こまち》さんはすっくとベンチから立ち上がり、深く頭を下げた。

そこまでしてもらう必要はないのに、律儀《りちぎ》な人だなぁと思う。

結局、そこで小町《こまち》さんと別れて部屋に戻ることにした。

「だいじょうぶ？　部屋までついていこか？」と申し出を受けたが、丁寧にお断りする。気持ちはとてもありがたかったし、不安を抱かせてしまったことにこちらが罪悪感を抱くほどだったけれど、今度いっしょにランチに行くことを約束してその場は解散となった。

道すがら、昏《くら》い思考に頭を支配される。

ぼくは——どこまでいっても、ただの紛《まが》い物《もの》だ。

花菱《はなびし》の宗家に男子は必要とされない。

事実、明治時代までは口減らしの対象だったという。

すなわち花菱《はなびし》家に生まれた男児は、生まれながらに存在を消されていたという意味だ。

風音《かのん》から聞いたとき、他人事《ひとごと》のように「残虐だな」と思った。

旧態依然とした因習を引き継いでいた花菱《はなびし》家が戦後まもなく『風』『鳥』『月』の三家に分かれるにともない、宗家に生まれた男子は養子に出されるのが慣例となったらしい。

では、なぜ男性であるぼくが宗家で暮らしていたのか。

答えは単純で、利用価値があったからだ。

宗家が拠点とする花菱《はなびし》家の屋敷は市街地から距離のある山林区域に所在しており、その周辺も過疎化が進んでいる。端的に言うならば労働力が足りない。

だからこそ、男性であるぼくは雑用係として都合がよかった。

そして——おまけに、ぼくには特技があった。

一度見れば、すぐになんでも覚えられる。

カメラのシャッターを切るように、視界をそのまま一枚絵のように保存して記憶できる。それだけではない。具体的に記憶すべき領域を絞れば、映像をそのまま思い浮かべることも可能。けれど、幼少期のぼくにとって、なんでもすぐに覚えられることは当たり前だった。

きっかけは、風音《かのん》の何気ないひと言。

──夜風《よかぜ》に聞けばわかるよ。どこになにがあるのか、ぜーんぶ覚えてるから。

広々としたお屋敷に清掃業者が入った際、一度移動させたインテリアをもとに戻すとき、風《か》音《のん》の無邪気な声が響いたのだ。

実際のところ、ぼくは屋敷のディテールを細部に至るまですべて把握していて、花瓶の位置やカーテンの開き具合なども完全に記憶していた。実際に脳内の記憶をもとに部屋のレイアウトを再現したところ大層驚かれたのを覚えている。

でも、それがなんだ？

ふと、部屋で絵を描き続けているであろうルームメイトの顔が浮かんだ。

一心不乱に芸術と向き合う彼女の姿。

単騎で自らの進むべき道を切《き》り拓《ひら》く孤高の存在。

考えれば考えるほど、わからない。

どうして棗《なつめ》さんは、僕なんかを学園生活の相手に選んだのだろう。

第三幕　「みつめて」

I will inspire your insipid days.

1

朱門塚女学院《しゅもんづかじょがくいん》の学園祭――通称『穂含祭《ほふみさい》』は、言うなれば全校生徒が参加する大掛かりな展示会である。

2日間にわたって、在校生の作品が学園の各所に展示されるのだ。美術や芸術などを専攻する生徒は絵画や彫刻などを提出し、音楽や演劇などを専攻する生徒は学園内にある各ホールで演目を披露する。当日は一般の人々にも立ち入りが開放されており、入学を希望する中学生に向けたオープンキャンパスも兼ねているそうだ。

7月――すなわち文月《ふみづき》の中旬におこなわれるため、その語源となった『穂含月《ほふみづき》』が由来だそうだ。旧暦の7月は初秋にあたり、田園の稲穂が膨らむ時期と重なるからとの説があって、学園に通うクリエイターの卵たちを穂に例えて命名されたらしい。なお、3月に実施される学園祭は『初花祭《はつはなさい》』と呼ばれており、『穂含祭《ほふみさい》』の評価点との合算値がそのまま1年間の学業成績となるわけだ。

棗《なつめ》さんと初めて出会ったとき、ぼくが彼女にした説明の内容と重複するのだけれど、朱門塚《しゅもんづか》女学院《じょがくいん》には定期考査が存在せず、成果物の評価がそのまま学業成績に反映される。

よほど出来のよくない作品を提出してしまったり、期日までに成果物をお披露目できない場合には評価点が『0』となり、実質的に留年が確定となる。

成果物の評価は、校長である朱門塚明日華《しゅもんづかあすか》と、学園の教師陣とで構成された評議会によって付けられるそうだ。「発言力が無いなりに、私も出席せにゃならんのだ。キツいんだよ長丁場だし、タバコも吸えねえし」とは皐月《さつき》さんの言である。

成果物が学業成績に直結し、その評価に応じて留年を含めた生徒の処遇が決定されるということは、裏を返せば高評価をたたき出す生徒もいるということだ。むしろそちらのほうに注目が集まっていて、各学年ごとに優秀な作品を提出した者は、全校集会の場で校長直々に表彰されるらしい。ただの集会ではない。国内における芸能・芸術の担《にな》い手《て》が集結する朱門塚女学院《しゅもんづかじょがくいん》の全校集会だ。当日はマスコミの立ち入りも許可されるらしく、場合によってはそのまま成果物が国内外のコンテストの審査対象になる……なんてこともあるらしい。——もっとも、ぼくには縁のないことだけれど。

さて。

穂含祭《ほふみさい》の開催が本格的に近づいてきたことで、学園の様子も徐々に変化が見て取れる。敷地内のいたるところに展示予定スペースを区分けするテープが張られており、いつのまにか多種多様なオブジェクトが設置されていたりといったことが目立つようになってきた。

教師である皐月《さつき》さんも目に見えて忙しそうにしていて、会話する機会がぐんと減っている。以前は特に用もないのに面談室に呼び出されては他愛無い雑談に付き合わされたりしていたけれど、ぼくにかまっている時間がないのならそれでいいと思う。働け。

午前の授業が終わると、生徒たちはそれぞれの持ち場に向かう。熱気の失《う》せた教室の窓から中庭をうかがうと、別のクラスの1年生が彫刻台をセッティングしていた。

その近くでは上級生5人が携帯型の音楽プレーヤーを囲んで身体《からだ》を動かし、振り付けの確認をしていた。たしかあの人たちは大ホールで創作ダンスを披露するグループだったはず。

一般的な高等学校の学園祭がどのようなものなのかをぼくは知らないけれど、たくさんの生徒が各所で作業に勤《いそ》しんでいるにもかかわらず喧騒《けんそう》はなく、黙々と取り組んでいる人が多い。

ぼくは人の波を抜けて、一目散に学生寮へ向かう。

練習は必要ない。準備も不要だ。ぼくにとっての稽古は、ただ見る、だけ。

たとえそこに感情が乗っていなくても、誰かの心を動かそうという情熱が欠けていたとしても問題はない。ぼくの抱える至上命令は学園を卒業することだけなのだから。

舞踊の家元である花菱《はなびし》家。その後継者が、国内有数の無形文化財養成機関である朱門塚女学《しゅもんづかじょがく》院《いん》に入学し、卒業する。そこまでは花菱風音《はなびしかのん》の人生における既定路線のはずだった。

伝統芸能というものは、たとえ支持者が少数であっても、『必要だ』『残すべきだ』と社会的に認められれば、それだけで尊重される。ゆえに必要なものは客観的な評価。一般的な目線で価値があると思われることを成しているか。

その点、『朱門塚女学院《しゅもんづかじょがくいん》を卒業した』という事実は、一撃で客観的評価を得るに相応《ふさわ》しい価値を持っている。あの有名な朱門塚《しゅもんづか》の卒業生が花菱《はなびし》家を継ぐのか——それだけで家名は安泰。

だからこそ——風音《かのん》は人生に敷かれたレールを拒否したんだろうな、と思った。

風音《かのん》はぼくと違って、自由に考えて、自由に行動を起こせる、強い人間だから。

——棗《なつめ》さんに振り回されながらも、彼女の世話を焼いてしまう理由が自分でもわからなかったのだけれど、ようやく合点《がてん》がいった。

棗《なつめ》さんの振る舞いは、どこか風音《かのん》と似ているのだ。


一方、ぼくと棗《なつめ》さんの共同生活には大きな変化はない。

会話と生活のリズムを棗《なつめ》さんに掌握され続けている。

「夜風《よかぜ》、地元ではどんな服を着てた？」

「どうしたの、急に？」

部屋の床に雑巾をかけつつ首だけで振り向くと、棗《なつめ》さんが素っ頓狂な感想を述べる。

「うわぁ。シンデレラみたいな構図だね」

両手の人差し指と親指を使ってフレームをつくりながらぼくの姿を覗《のぞ》き込《こ》んでくる。

「まるごと文脈がすっぽ抜けてるせいでどう反応すればいいかわからないよ」

わからないが、話の腰を折られたのだけはわかる。

「もとはと言えば、棗《なつめ》さんが掃除機を使うなって制限をかけたんでしょ」

以前、寮から掃除機を貸し出してもらい、部屋に堆積した埃《ほこり》を吸引していると『マジでその音キツいから勘弁して。気が散るどころじゃない』と青ざめた表情で訴えられたのである。

棗《なつめ》さんは聴覚過敏を抱えており、たびたび遮音性のヘッドフォンを装着して制作に取り組んでいるのだけれど、いわくマシンのモーター音は振動となって頭に響くらしいのだ。

もっとも、お屋敷の広い床に毎日雑巾をかけていたぼくからすれば、部屋の拭き掃除など大した手間ではない。

棗《なつめ》さんはこちらの不服申し立てを華麗にスルーして質問を重ねてくる。

「夜風《よかぜ》、地元ではどんな服を着てた？」

「声量から抑揚まで揃《そろ》えて繰り返さないで。どう答えるべきか迷ってたんだよ」

擦り切れたレコードみたいだ。黒く汚れた雑巾を力強くギュッと絞りながら答える。

「どんな服もなにも、そこのクローゼットに入ってる服がすべてだよ」

「すべて？　女物しかないじゃん」

「だから、その女物こそが、実家でぼくが身につけていたものだよ」

「自分で買ったの？」

「そんなわけないでしょ。双子の姉と共用だったよ」

「二卵性双生児でしょ？」

「体型がほぼいっしょだったんだ。それに顔のつくりも似ていたし、そういう服を着るのが当たり前だったから違和感を覚えたことは少ないかも」

「ちなみに夜風《よかぜ》って何カップ？」

「パッド入れてBカップだけれど……それがどうしたの？」

「やっぱ男の人も乳首が服に擦れると痛むの？」

「ねえなんの話!?」

「答えて」

「意識したことがないからわからないよ！　……ねえ棗《なつめ》さん、さっきから質問ばかりだけれど、どういう意図があって、ぼくのなにを知りたいの？」

「ぜんぶ」

棗《なつめ》さんはふだんどおり、抑揚のない声で口にした。

「夜風《よかぜ》のことはぜんぶ知っておきたい。あたしがつくろうとしているものに関係があるから。だから、まだまだ質問するよ」

もう勘弁してほしい。心からそう思う。

けれど、つくろうとしているものに関係がある……そんなことを言われると拒否できなくなる。ぼくは棗《なつめ》さんのルームメイトで、棗《なつめ》さんは天才画家で……そんな彼女を邪険にできない。

無情にも追撃は続いた。

「メンズの服は着ないの？」

「それ以前の問題だよ。どんな服が男性用で、どんな服が女性用なのかがぼくにはわからないんだ。知識としてはあるけれど、実例をよく知らないし、コーディネートを記憶しても発展させられない。もちろんトレンドなんかも読めないし……」

「持ってるスマートフォンは飾りなの？」

「丁寧な言い回しで煽《あお》らないでくれる？　上京が決まったときに初めて持たされたから、ぜんぜん使いかたがわからないんだよ……」

「ああ、ほんとに飾りなんだ」

「辛辣！」

「ていうか、通販で服なんていくらでも買えるよ？　あたしが買ってあげようか」

棗《なつめ》さんがあまりにも当然のように言うので、思わず聞き流しそうになってしまう。

すると、棗《なつめ》さんはおとがいに手を当てて「うーん」と考えるようなそぶりを見せる。

やがて発せられたのは、とてもシンプルな疑問だった。

「どうして？」

適切な回答が思い浮かばず、ぼくは沈黙する。

しかし質問はおかまいなしに飛んでくる。

「どうして夜風《よかぜ》は男物の服を着られないの？」

「……だから、ぼくは女性としてこの学園を卒業しなきゃ――」

「そういう話をしたいんじゃなくて、もっと根本的なことを聞こうとしてるんだけど」

声を紡《つむ》ぎ出《だ》した瞬間、その先を封じられた。棗《なつめ》さんは不思議そうにぼくを見つめる。

なにに対する『どうして』なのか。なにが『そうじゃない』のかが理解できずに困惑していると、彼女はさらに問い詰めてくる。

「どうして夜風《よかぜ》は女性としてこの学園を卒業しなきゃいけないの？」

「…………それは」

ようやく合点《がてん》がいった。

そして同時に、ぼくが目を逸《そ》らしていた現実的な問題であることにも当然気づいた。

どう説明すればいいのかわからないし、言語化が追いつかない。

ありのままの事実だけを伝えようと思った。

「ぼくの姉――風音《かのん》がいつ日本に戻ってくるかわからないけれど、もしもそうなったとき、ぼくは風音《かのん》に『朱門塚女学院《しゆもんづかじよがくいん》の卒業生』の肩書きを明け渡さなければならない」

「どうして？」

「花菱《はなびし》家は代々続く由緒《ゆいしょ》正しい舞踊の家元なんだ。そして将来、宗家の頭首の座は風音《かのん》のものになる。経歴に箔《はく》をつける上で、朱門塚女学院《しゅもんづかじょがくいん》卒業の実績は良《い》いブランドになるでしょ」

「そうじゃなくて」

またか。うんざりしながら問い返す。

「……今度はなに？」

棗《なつめ》さんとのコミュニケーションのコツは、彼女の発する疑問がどこに向けられているのかを彼女自身にヒアリングして、なるべく単純明快な答えを返すことだ。

なので、ぼくは彼女の『そうじゃなくて』に呼応して質問を投げ返した。

しかし棗《なつめ》さんは、間髪入れずにカウンターを繰り出してくる。

「双子の姉に学歴を譲って、そのあと夜風《よかぜ》はどうなるの？　抜け殻？」

——答えられなかった。

ぼくが朱門塚女学院《しゅもんづかじょがくいん》を卒業した後どうなるのか。

決まっている。

どうにもならない。そのとき考えればいい。

家が決めたこと。慣例的に、そうあるべきだから——正確には考えたこともなかった。

花菱《はなびし》家において、男子は必要とされないから。

沈黙するぼくに、棗《なつめ》さんはまったく声のトーンを変えずに続ける。

「じゃあ、あたしが夜風《よかぜ》に服を買ってあげても問題ないじゃん」

そうなのかな。

「いつも世話を焼いてくれる夜風《よかぜ》に贈り物をするの、高校生っぽくてよくない？」

「……それじゃ棗《なつめ》さんの好きにして」

「あたしはずっと好きにしてるよ」

知ってます。いまさらなのでなにも言わなかった。

彼女の求める高校生活の全体像は、まだ見えない。

2

唯一目に見える変化があるとすれば、小町《こまち》さんが教室で声をかけてくるようになったことくらいだろうか。スマートフォンのメッセージアプリの使いかたを丁寧に教えてくれて、当然のように連絡先も交換してしまった。以来、日常的に文字のやりとりをしている。

天空を雨雲に汚染される6月上旬のこと。ある日、浴室から「うわぁぁ」と情けない叫び声が聞こえてきて、まもなく全裸の棗《なつめ》さんが死にそうな顔で飛び出してきた。

こちらとしては慣れたもので、顔を背けながら「どうしたの」と問いかけると、棗《なつめ》さんはふにゃふにゃと折れそうな声色でこう口にする。

「クレンジングオイルひっくり返したぁ」

部屋の中で1日が完結する棗《なつめ》さんは、必要な生活用品をすべて通販で済ませている。ここで浮上する問題点として、注意力が散漫な棗《なつめ》さんがこういうことをやらかすと、ぼくが買い出しに行く羽目になるのだ。

「とりあえず服を着れば？」

「あたしにマルチタスクを求めないで」

「ひとまず目の前のものごとに優先順位をつければ対処できない？」

「あたしにプライオリティって概念があると思う？」

「概念があるからそんなに難しい言葉が出てくるんじゃないの？」

「単語の意味を理解することと、それを実践することはまったく違うじゃん。人間エアプなの？」

「よくわからないけどひどいことを言われた気がする！」

ぼくの説得が通じるはずもなかった。

なお、今回の件に関しては問題点がもうひとつある。

「というか、クレンジングひっくり返したって……ぼくもすごく困るんだけど……」

そもそも棗《なつめ》さんがひっくり返した化粧落としは、ぼくが持ち込んだものを勝手に使って「これいいじゃん」と彼女が気に入って常用するようになった代物である。シャンプーやトリートメント、フェイスパックなどもそうである。棗《なつめ》さんはメイクに強いこだわりを持っているけれども、メイクを落とすことにこだわりがない。画家はキャンバスに塗り付けた絵の具をきれいに落とすことなんて想定しないからなぁ……と、ぼくは勝手に納得している。

「わかった、買ってくるよ――」

そう言いかけたところで、ぼくのスマートフォンが軽快な通知音を響かせた。

目をやると、そこには小町《こまち》さんからのメッセージ。

『今日ヒマしてたらお昼食べにいかへん?』

ぼくはディスプレイに視線を落としたまま、どうしたものかと思案する。

こちらの考えがまとまる前に、棗《なつめ》さんが言う。

「なに?　夜風《よかぜ》ってLINEするような友達いるの?」

「この間、ギャラリーでばったり会ったクラスメイトの小町《こまち》さん。ランチに誘われちゃった」

「行けばいいじゃん。友達は大切にしたほうがいいって世間では言われてるよ」

「そこに体験談が絡《から》まないあたり、お互いに苦労してるよね」

「今日の夜風《よかぜ》に友達の誘いを断る理由なんてあるの?」

「部屋に戻ってくる時間が遅くなると、それだけクレンジングが手に入るタイミングが遅れるんだけど……棗《なつめ》さんはそれでいいの?」

「いいわけないじゃん。メイク落とさないと寝られないし」

「断る理由があるとすればそれだよ」

「ああなるほど。夜風《よかぜ》はルームメイト想《おも》いだね」

「他人事《ひとごと》だなぁ……」

大きくため息をつく。さて、どうしたものか。

「じゃあ連れてくればいいじゃん」

棗《なつめ》さんから出た予想だにしない提案に、ぼくは面食《めんく》らう。思わず視線を向けたものの、視界に身体《からだ》がフェードインしかけたところでふたたび顔を背けた。こちらに構わず棗《なつめ》さんはさらに先を続ける。

「その子って『夏目《なつめ》』の作品が好きなんでしょ？」

「好きというか、憧れてるみたいな感じだった」

「一般常識では、憧憬は好意の延長線上にあるんじゃないの？」

「棗《なつめ》さんに常識を語られてもなぁ……」

それに、一般的な生活を送っていなかったのはぼくも同じなので判断できない。

「ちゃんと言ってなかった気がするけど、あたし他人に囲まれるのが無理なんだよね」

「ちゃんと聞いてなかった気がするけど、察していたとおりだから特に驚きはないよ」

「その『察する』っていうのも苦手」

「ちゃんと聞いてなかった気がするけど、以下同文」

「教室行けない理由も同じ。バスとか電車なんて乗ったらたぶんパニック起こして吐く」

大惨事である。想像したくもない。

今度はこちらから質問を投げかけてみた。

「そんな状態で小町《こまち》さんと会話できる？」

「他人に囲まれるのが無理って言ったじゃん」

だからそう聞いたじゃん……と返すと堂々巡りになりそうだったので口を噤《つぐ》む。答え合わせは棗《なつめ》さんのほうから切り出してくれた。

「囲まれないならなんとかなる」

「……あぁ、なるほど」

つまり『他人』とは『不特定多数の大勢』という意味で、『囲まれる』とは、たとえば食事処《しょくじどころ》や公共交通機関など個人の融通の利《き》かない空間を指し示しているわけだ。対して、小町《こまち》さんを部屋に招いたところで総数は３人、うちひとりはルームメイトのぼくなので『不特定多数に囲まれる』という状況にはならない。

ここまで考えて、なおも「本当かなぁ……」と疑問が鎌首をもたげる。しかし本人が問題ないと言ってるのなら……いいのかな？

「小町《こまち》さん、かなり会話のテンポが速いけど話せる？」

「目を合わすのはキツいけど話せるはず。同い年の女の子でしょ。オンラインで打ち合わせするときなんかは音声でやりとりするし、そういうノリなら」

「同級生との会話が仕事の打ち合わせに変換されることってそうそうないと思うよ」

知らないけど。

小町《こまち》さんはコミュニケーション能力に長《た》けている。皐月《さつき》さんのお墨付きだ。

なにより棗《なつめ》さんがこう言っているのなら問題ないのかな……。

「棗《なつめ》さんは、自分が『夏目《なつめ》』だってバレてもいいの？」

「男なのに女だと偽ってる夜風《よかぜ》じゃあるまいし」

「ひと言多いよ」

「そもそもあたし、自分が女だってことも、高校生だってことも、朱門塚《しゅもんづか》の生徒だってことも隠してないし。言う必要がないから言ってないだけ。なんだっけ、そのクラスメイト……」

「君家小町《おおやこまち》さん」

「そう、小町《こまち》。たとえば小町《こまち》が『夏目《なつめ》』に対して抱いてる幻想みたいなのがあったとして、それが完全にぶっ壊れてもいいのなら、あたしはだいじょうぶ。それに――」

「それに？」

「クラスメイトと駄弁《だべ》るのって、ふつうの女子高生っぽいじゃん」

納得した。

これもきっと、棗《なつめ》さんがやってみたいという『高校生活』の一部なのだろう。

「……ちなみに選択肢として、棗《なつめ》さんがぼくたちに同行するという手もあるけど」

「実現不可能な提案は議論の停滞を招くからやめたほうがいいよ」

そう返される気はしていた。

あとは当初の目的との擦り合わせ。交通整理が必要なのだけれど……。

「……あれ？」

ふと思い立つ。

およそ友達と呼べる存在がいなかったので、えらく遠回りしてしまった。

ぼくはメッセージアプリに返信を打ち込む。

『化粧落としを貸してくださいませんか？』

3

「こちら『夏目《なつめ》』こと橘《たちばな》棗《なつめ》さんです。一度も登校したことはありませんが、れっきとしたわたくしたちのクラスメイトです」

「…………………」

ぼくは小町《こまち》さんを学生寮の自室に呼び立てて、棗《なつめ》さんを紹介していた。社交的な人だから、まるで面接みたいにハキハキと自己紹介をするのではないかと思っていたのだけれど、そんな想像は雲散霧消する。小町《こまち》さんの全身が硬直していた。

「小町《こまち》さん？」

「…………………」

しばしの沈黙ののち、返ってきたのは苦笑いだった。

「いややいや、冗談きついって。たしかにここは朱門塚女学院《しゆもんづかじよがくいん》やで？　各業界の才能に溢《あふ》れた人間がぎょうさんおる。でも『夏目《なつめ》』は第一線で活躍しとるアーティストやん。わざわざ学校に通うわけあらへんって！」

「わたくしもそう思いますが、本人の考えは違うみたいです」

「高校生をやらないまま身体《からだ》が成熟するのはもったいないと思ったから入学してみた。まあ高校は大人でも入れるから『身体《からだ》が大人になる前に高校生活をやる』という体験の希少性にひかれたみたいなところはあるけど」

「——とのことです」

「ごめん、ちょっとなに言ってるかわからへん……」

ぼくもそう思う。無言で首肯しておいた。

小町《こまち》さんは「それに」と続ける。

「ていうか、メイク落とし貸してって呼ばれて、いきなり『この部屋に「夏目《なつめ》」がいます』って言われても信じられるわけないって。なんかのドッキリ企画？　カメラ回ってるん？」

「ドッキリ……？　カメラ……？」

「通じひん⁉」

驚愕《きょうがく》したかのような視線が飛んでくる。馴染《なじ》みのない単語に首をかしげていると、小町《こまち》さんは乱暴に頭を掻《か》きながら「んああ」と唸《うな》った。

「だいたい、この子が『夏目《なつめ》』っていう証拠がどこにあんねん！」

ぼくが答えるよりも先に、棗《なつめ》さんが口を開いた。

「見ていいよ」

指し示す先には、ベッドのほうに向いたキャンバスと木製のイーゼルがあった。

「ていうか見てもらう以外の選択肢がわからない」

「ウチが見てもええの？」

「いいよ。どうせみんなに見てもらうから」

遠慮がちに近づいた小町《こまち》さんは、そのままキャンバスの裏に回り込んで――。

「――――ひゅっ」

コン。

風切音《かざきりおん》のような悲鳴とともに、持っていた化粧落としが手のひらから零《こぼ》れてパッケージが床に叩《たた》きつけられた。一方、小町《こまち》さんはキャンバスを眺めたままフリーズする。

ぼくは美術を知らないけれど、彼女の作品を目にすれば漠然と「すごい絵だ」と思う。それでも棗《なつめ》さんの世界に呑《の》み込《こ》まれそうになるのだから、勉強熱心な小町《こまち》さんがこのような反応をするのは納得できる。

しばらく経《た》って。

小町《こまち》さんはポカンと口を開けて放心していたが、一方の棗《なつめ》さんは「うぅん……」とのんきに勢いよく背を反らせた。互いの視線が上下を入れ替えた状態で重なる。

「……なんで夜風《よかぜ》は天井に張り付いてるの？」

「引力よりも先に自分の姿勢を疑ってほしいのですけれど……」

「あれ、ほんとだ。あたしが逆さになってるね」

「とりあえず、棗《なつめ》さんがパニックを起こさなかったことに安心しました。いくら事前に許可を取っていたからといっても、生活空間に知らない人が入ってくるわけだから」

棗《なつめ》さんの反応はあっけらかんとしたもので、

「想定している動きだから問題ない。夜風《よかぜ》はあたしの仕様をもう少し理解したほうがいいよ」

そう口にする。

そして、いまだに固まったままの小町《こまち》さんに目をやった。

「この人？　あたしと会いたい小町《こまち》って」

「さっき会話してたのに……」

「あたしが？　いつ？」

無意識だったんだ……。

でもこの人のことだから突っ込んでもしかたないか……と割り切って話を続けた。

「そう。クラスメイトの君家《おおや》小町《こまち》さん。あとシームレスに人物名を盛り込まないで」

いきなり代名詞から呼び捨てに飛び級したせいで一瞬理解が追いつかなかっただろ。

「好きな作品の制作者に直接会って話を聞きたいなんて変わってるよね。世の中の人間はだいたい制作者が心にも思っていないことを勝手に類推して無理やり理屈をつけて解釈して好き勝手に話すのにわざわざつくり手がどんなことを考えたりどんな生活を送ってたりどんな環境で育ってきたのかを根本から知ろうとする人がいるなんて思わなかったな」

「ひと息で話しすぎだよ……」

とんでもない早口だったせいで半分くらい聞き取れなかった。

「小町《こまち》さん、そろそろ戻ってきてください」

ぼくが語りかけると、小町《こまち》さんは「はっ！」と発声してぼくたちを見る。

そして、細々とした声色で話し始める。

「……あの、お会いできて光栄です。同じクラスの君家《おおや》小町《こまち》です。君家《おおや》ってのは関西のほうの地名姓で、ウチの口調でおわかりになるかもしれませんけど、大阪出身で……」

「なんで敬語？　クラスメイトでしょ？」

「いや、なんか……とりあえず敬語から入れば人間関係の初動は失敗せえへんかなと」

「あたしは敬語使えないし、使わなくてもいいよ。ていうかなんで夜風《よかぜ》まで敬語？」

「なにをおっしゃっているのやら。わたくしはいつでもこの話しかたでしょう？」

「はあ？」

そうだった。

この人、そうした機微を感じ取れないんだった。

「ま、いいか」

棗《なつめ》さんは瞬《まばた》きひとつせず、抑揚のない声で先を続ける。

「夜風《よかぜ》から話は聞いてる。自己紹介には慣れてないから聞きたいことがあるなら適宜聞いてもらっていいよ。答えるかどうかは確約できないけど、少なくともあたしは意図的に誰かの声を無視したりしない。だいたい聞こえてないだけだから気にしないでほしい」

どういう距離感なんだ……。

「もっとふつうに話せないんですか、ふたりとも」

「あたしなりにふつうに話してるつもりなんだけれど、どこか不自然に見える？」

「わたくしの言いかたが悪かったですね。棗《なつめ》さんが言葉の渋滞を引き起こすのは平常運転だからなにもおかしくありませんよ」

「じゃあ『ふたりとも』じゃないよね」

「そうですねすみませんでした！」

ほんとうに面倒くさいな！

一方で小町《こまち》さんはというと、借りてきた猫のようにおとなしく、慎重に発言しているのが伝わってきた。あいにく棗《なつめ》さんにそういうニュアンスは伝わらないのだけれど、口を挟むべきタイミングでもないのでこのまま行く末を見守る。

「ウチはなんていうか、いろいろ話したいことはあるんやけど、言葉がまとまらへんっていうか……言葉がまとまらへんって感じやねん」

「同じことを2回言いましたね……」

心の底からの狼狽《ろうばい》が伝わってくる。

というか、どうしてふたりともぼくに視線を向けてしゃべるんだ。

「わたくし、席を外しましょうか？」

「なんで？」「堪忍《かんにん》して！」

「同時に否定しないでください」

気を遣って提案したのに拒否されてしまった。

ぼくはため息をついて、ひとまず小町《こまち》さんを自分の椅子に誘導した。というか、こまめに片付けておいてよかった……放っておくと床に飲み残しのペットボトルや、解読できない殴り書きの記された紙切れなどが散乱するのだ。今日の棗《なつめ》さんはタブレット上で作業が完結しているみたいだし、運がよかったのかもしれない。

　腰を下ろしてもなお落ち着かない様子の小町《こまち》さんに、ぼくは語りかける。

「なにか飲みますか？」

「え、あ、いや、おかまいなく……」

「ではわたくしが飲みますので、ごいっしょにいかがでしょうか」

「あぅ、じゃあ……ご相伴に与《あずか》ります……」

　ぼくが席を立つと同時に、棗《なつめ》さんが口を開いた。

「グアテマラ」

「過程を飛ばして飲み物の品種を指定しないで。どうせ同じものを飲むから構わないけど」

「人肌くらいの温度が飲みやすいって言うよね。聞いたことない？　人間の身体《からだ》に入ってくるんだからそりゃそうかって感じか」

　相変わらず注文が多いなぁ。ずっとひとりでしゃべってるし。

　コーヒー豆を挽《ひ》きながらふたりの様子をうかがう。一連の作業中、棗《なつめ》さんはふたたびデスクに目を向けていて、一方小町《こまち》さんはずっとぼくの手元を見ていた。

「……教室とは違うんやな、立ち居振る舞いが」

「棗《なつめ》さんに対してはそうですね。意外でしたか？」

「意外に決まっとるやん。でも少なからず、みんな表には出してない裏の顔があるもんやと思ってるし、むしろ花菱《はなびし》さんも同じ人間やったんやなってちょっと嬉《うれ》しかったりもする」

「皐月《さつき》さんからどのように聞いていますか？　わたくしのこと」

「家の事情で、学校での通り名と本名が違うってことだけ聞いた。風音《かのん》ってお姉さんの名前なんやろ？　せやから風音《かのん》さんって呼べばええんか、夜風《よかぜ》さんって呼べばええんかわからん」

「お好きな呼びかたでいいですよ。わたくしから希望はございませんので」

　そこに棗《なつめ》さんが口を挟んでくる。

「どうせ筆名やら芸名やら、別の名前で呼ばれることなんてしょっちゅうだし。好きなほうで呼べばいいんじゃない？　あたしも筆名で呼ばれるけどふつうにやりとりしてるよ」

「棗《なつめ》さんの場合は本名を捩《もじ》っているだけですし、それほど違和感がないのでは？」

「あたしにまで丁寧語使わないで。気色悪い」

「急にハシゴを外すな。勢い余ったんだよ」

「あたしは夜風《よかぜ》のことを夜風《よかぜ》としてしか認識してないからいまさら別の名前で呼ぶなんて選択肢がそもそもないけど、先に別の名前で認識しているところに突然本名を明かされても正直戸惑っちゃうんだろうね。あたしは偶然早めに夜風《よかぜ》から本名を聞かされていたからすんなりと受け入れられたけど運がよかったんだなぁ」

「だから、ひと息で話しすぎでしょ」

　この人、本当に関わりのない人間と話すのが苦手なんだな……と再認識する。

琥珀色《こはくいろ》の液体をマグカップに注《つ》ぎ、ふたりのもとに運ぶ。棗《なつめ》さんは決まった柄のカップしか使わないので配膳が楽だなぁと雰囲気に似合わないことを思った。おそらく小町《こまち》さんと棗《なつめ》さんの間を静寂が支配していたからだろう。

「まとまりましたか？　聞きたかったこと」

「…………うん」

「蚊の鳴くような声で答えられると罪悪感が生まれるんですが……」

ぼくが促すと、小町《こまち》さんはおずおずと身体《からだ》の向きを変える。視線の先には、両手でマグカップを持って幸せそうな表情を浮かべてコーヒーを啜《すす》る棗《なつめ》さんの姿。

「『夏目《なつめ》』さんのこと、ウチはなんて呼べばええ？」

「好きに呼んでいいよ。先輩でも先生でも師匠でもいい」

なんで目上に立とうとするんだよ。

「『バナナ』とか『パイナップル』とかでもいいよ」

「そこまで距離を詰める勇気はまだ持てへんって。じゃあ……棗《なつめ》さんで」

遠慮がちに小町《こまち》さんが提案すると、棗《なつめ》さんがぷくぅと頬を膨らませてこちらに目をやる。

なにか言いたげな視線である。

「棗《なつめ》さんって呼びかたじゃ不服なの？」

「ううん。それはいいんだけど、渾身《こんしん》のギャグが滑っちゃったから夜風《よかぜ》に助けを求めてる」

「えっ、いまのボケてたん!?」

あまりにも素直な反応をした後、しまった、といった表情で小町《こまち》さんは口元を押さえる。

一方で棗《なつめ》さんはというと。

「……うぅ、夜風《よかぜ》ぇ……っ！」

こっちを見るなよ。自分の粗相は自分で回収してください。

ぼくはベッドに腰掛けて、コーヒーに口をつけながら様子を見守る。

「ウチ、棗《なつめ》さんの作品……『火車』とか『虚実』とか、大好きやねん」

「ああ、あたしが中学2年生のときに描いたやつだ。中二病こじらせてたからカッケー単語そのまま作品名にしたやつ。あのあたりの作品ってだいたいタイトル2文字だったな。『修羅』とか『幽玄』とかもあったっけ」

「………なんやろ、胸が苦しい」

「胸が苦しいで思い出した。『動悸《どうき》』とか『拍動』とかもあった気がする。描いた絵のことは覚えてるんだけど、タイトルに執着がないから文字と絵の内容がリンクしないんだよね」

その連想に整合性は存在するのだろうか。

「……好きやったもんの裏側が解明されていくのってこういう気持ちなんやな」

そう言って小町《こまち》さんはこちらを見やる。同意を求めてくるな。共感できないよ。

「夜風《よかぜ》に説明すると、『虚実』は人物画っぽい抽象画で『幽玄』は抽象画っぽい人物画ね」

言われたところでわからないだろ。

ぼくが首をかしげていると、小町《こまち》さんが「これ」とスマホに画像データを映してくれる。見たことのない作品だったけれど、棗《なつめ》さんの作品だということは一目でわかった。

顔の中心部がくり貫《ぬ》かれている少女の姿。目も鼻も口も描かれておらず、ただ黒く塗りつぶされているようにも、空洞が開いているようにも見える。

「いま見せたのが『虚実』で、こっちが『幽玄』やで」

スマホのディスプレイをスワイプし、別の作品を見せてくる小町《こまち》さん。聖歌隊のように少女たちがずらりと並んでいるが、それらの面立ちはすべて同一のものだった。幽玄とは、言葉にあらわれない、深くほのかな余情の美を指す単語。タイトルにはどのような意味が込められているのだろう――と考えたところで。

「あのころ、作品名はぜんぶ思いつきで決めてたからなぁ。幽玄ってどんな意味だったっけ。なんか適当にそれっぽい言葉を辞書から引っ張り出してきた気がするんだけど」

棗《なつめ》さんが口走る。脳のリソースを考察に使う前で助かった。

「……ウチ、言葉の意味とか画角の解釈とか、めっちゃ考えててんけど……」

助からなかった人が約1名。お気の毒に。

「考えなかったわけじゃないよ。わりと力込めて描いたから辞書引いたわけだし」

「……ってことは、棗《なつめ》さんは絵を描いてからタイトル考えるんや？」

「逆に聞きたいんだけれど、それ以外にある？」

「……ウチにはわからんけど」

「そうなんだ？」

軽い口調でそう言って、首をかしげつつ棗《なつめ》さんはふたたびタブレットに目を落とす。

「つくってる最中に完成形が見えないとタイトルなんて思い浮かばなくない？」

「……完成形を先に想像してから制作始めるんとちゃうの？」

「そんなのできるんだ。すごいね。でも熱心な鑑賞者はこういう温度感のほうがいいのかも」

「…………………」

とうとう小町《こまち》さんは黙り込んでしまった。

しかし棗《なつめ》さんは特段気にした様子もなく言葉を続ける。

「作品を手がけたのがどんな人間で、どんな環境にいて、どんな心理で制作にあたっているのかを鑑賞者は正確に知ることはできない。作品というデバイスを通し、ちりばめられた要素を体系化して類推する。絨毯《じゅうたん》がテーブルクロスとして使われているとか、顔のパーツがいろんな方向から見た画角のキメラになってるとか、どこにでもあるような民家に絵が飾られているとか、そういった物理的、あるいは精神的な側面から作者の内情を紐解《ひもと》いていくことで作者の人間性に触れようとする。けれど、どんなことを思いながら作品を手がけていたのかは作者本人しか知ることはできないし、作者の口から語られる言葉も本心とは限らない。でも……鑑賞者が作者に成り代わることはできないとはいえ、裏を返せばむしろ作者が言語化できていなかった深層心理を捉えることが可能だとも言えるね」

　一気にしゃべりすぎだよ……。

　会話と言うにはあまりにも拙いやりとりだった。以前から感じ取っていたものとはまた違うベクトルの、棗《なつめ》さんの異常性を見せつけられているような気がする——しかし。

「あたしの絵についていろいろと考えてくれてありがとう。あたしは他人の目を無意識のうちに排除してしまうし、他人の目に鈍感だから直接考察を聞けて楽しかった」

　嚙《か》み合《あ》っているのかいないのかわからないが、棗《なつめ》さんは小町《こまち》さんに感謝を述べた。

「……なんか、意外やったわ。『夏目《なつめ》』ってもっと危ない人なんかなと思ってた」

「じゅうぶん危なくて、さらに言えば危うい人間だと思いますけれど……」

　思わず茶々を入れてしまった。どういう想像してたんだろう、この人。

　ぼくの言葉に棗《なつめ》さんは「そうなんだ？」と他人事《ひとごと》のようにつぶやく。

　小町《こまち》さんはすっくと立ち上がって、ぼくをよそに棗《なつめ》さんへと一礼した。

「いろいろ聞かせてもらってありがとう。また来てもええかな？」

「いいよ。でも眠ってるときは応対できないと思う。薬飲んでると睡眠が深くなるし」

「ほな、今日くらいの時間にふらっと遊びに来る感じでもええかな」

「うん。ふらっと来てくれていいよ。アポ取られるのは苦手だし」

「ありがと。ほなな」

扉へと向かう小町《こまち》さんの後に続いて、ぼくは見送りに出る。

ぱたりと扉が閉まって、廊下で声をかけられた。

「朱門塚《しゅもんづか》に来てから、世の中には天才がたくさんおるんやなあと思ってたけど」

いったん言葉を切って、小町《こまち》さんは言う。

「ほんまもんは、やっぱりヤバいな」

どういう意味だろう？　と疑問に思ったことをそのまま尋ねてみる。

「話したかったことは話せましたか？」

「ううん。ぜんぜん話せんかった。どこからつついても予想外の答えが返ってくる。ウチの覚悟が足りひんかっただけかもしれんし、単純に準備不足やったな――でも」

彼女の瞳は、発する声とは裏腹に。

「『夏目《なつめ》』と実際に会《お》うてわかったことがある。ウチは絶対にあの子みたいにはなれへん。憧れるけど、それでええんや。それでも、あの子のことをもっとたくさん知りたいと思った」

まるで憑《つ》き物《もの》が落ちたような表情で。

どこか強い意志に満《み》ち溢《あふ》れているように見えた。

「これからたびたびお邪魔するかもしれんけど、堪忍《かんにん》な」

4

それから小町《こまち》さんはほぼ毎日やってきた。

もっとも棗《なつめ》さん自身が額面どおりにしか言語的なやりとりができないタイプなので、「いつでもどうぞ」という受け答えは社交辞令でもなんでもなく、ほんとうにいつでもいいのだろうけど。

実のところ、小町《こまち》さんについてどう思っているのか棗《なつめ》さんに尋ねてみたところ、

『あれはたぶん真のコミュ強だと思う。まだ言語化はできないけど、あたしと会話が成立する時点でもうすでにエグい。たぶん宇宙人とも話せる。その場合あたしが宇宙人と同格ということになる気がするけどそのレベルだと思う。あの子と仲良くできない人なんているの？　ああでも仲良くできる存在を人間と定義する場合、あたしは宇宙人ではなくなるのか』

との回答があった。後半はなにを言っているのかわからなかったけれど。

聞《き》き馴染《なじ》みのない言葉だったが、『コミュ強』とはどうやら『誰とでも円滑にコミュニケーションを取れる能力の持ち主である』とのことのようだった。というか棗《なつめ》さんって自分の会話の下手さを認識していたんだなぁ……と思った。

では、いったいなにをもって小町《こまち》さんが『コミュ強』なのか。

棗《なつめ》さんいわく、

『小町《こまち》はたぶん、自分のことをふつうの人間だと思ってる。同時に、小町《こまち》自身が抱いている彼女のなかの「当たり前」とか「ふつう」とか、確立された常識が誰にでも当てはまるわけではないって理解してる。だから夜風《よかぜ》やあたしとふつうに話せる。端的に言うと、小町《こまち》は相手を否定せずに受け入れてから話ができるタイプ』

とのこと。

話の流れでぼくまで棗《なつめ》さんの同類にされたような気がするけど、いったん置いておこう。

『夜風《よかぜ》は知らないと思うけど、相手の背景や思考を受け入れた上で話ができるのは一種の異能なんだよね。自分のことをふつうの人間だと思ってるくせに、「ふつうに考えてそれはないでしょ」という否定的な思考が出てこないのはふつうの人間じゃないよ』

途中からなにを言ってるのかわからなくなったけれど、ざっくり言うと、棗《なつめ》さんにとって小《こ》町《まち》さんは仲良くできる相手、ということだろうか。

『そうだね。小町《こまち》もこっち側の人間だから』

棗《なつめ》さんの総括に引っかかる部分はあったけれど、とりあえず納得することにした。

さて、部屋に遊びに来た小町《こまち》さんが棗《なつめ》さんとどういう会話をしているのかというと……。

「棗《なつめ》さんはどんな食べ物が好きなん？」

「かにかま」

「どんな音楽が好きなん？」

「ブラックメタル」

「おすすめのバンドある？」

「クレイドル・オブ・フィルス」

「好きなタイプは？」

「ドラゴン・じめん」

「そうやなくて、好きな異性のタイプを聞いてたんやけど……」

「え、知らないよそんなの。意識したことない。あたしの代わりにクライアントのメール対応ぜんぶやってくれる人がいればいいなとは思うけど、それって恋人じゃなくてマネージャーっぽいよね。じゃあマネージャーっぽい人が好みかも。いたことないけど」

　会話になっているのだろうかと心配になったが、どうやら最後の問答は思いのほか小町《こまち》さんの興味を惹《ひ》いたようで、そのままぐいぐいと彼女主導でトークが進展していく。

「マジで？　彼氏は？」

「つくろうと思ったことない。気に入ったら無理やりこっち側に引き込むけど」

「そんなに可愛《かわい》いのに？」

「誰が？」

「棗《なつめ》さん。可愛《かわい》い顔しとるやん」

「そうだね。可愛《かわい》くあろうとしてるから。あたしはふだん、あたし以外の人間の顔を見ないから、せめて視界に入る人間の顔くらいは可愛《かわい》くあってほしいと思ってる」

「自分で言うんや。ほんまおもろい人やなぁ」

「それにあたしはあたしのことを変わった人だとは思ってるけどおもしろい人かどうかはわからないから小町《こまち》が客観的にそう思うのならあたしはおもしろい人なんだと思う」

「いきなり早口⁉」

大仰な仕草で驚く小町《こまち》さんに、棗《なつめ》さんは（おそらく）気をよくしたらしく、なおも抑揚のない口調でひと息に続ける。

「あたしお世辞とかわかんないから額面どおりに受け取っておくけどそういうことでいい？」

「ええで。相手が好きなアーティストならなおさらや。過度に持ち上げたりする人間、結果出してる人間からするとむしろ信用できひんやろ？」

「ふうん。夜風《よかぜ》もそう思う？」

なぜか棗《なつめ》さんがこちらに水を向ける。

「ええ、棗《なつめ》さんは可愛《かわい》らしい方だと思いますよ」

「はっきり言って」

「美人だとは思いますよ」

せっかく答えたというのに、棗《なつめ》さんはこちらの回答を放置して会話に戻る。

小町《こまち》さんから棗《なつめ》さんへ、なおも質問は続いた。

「出身はどこなん？」

「目黒《めぐろ》」

「すごっ。お嬢様やん」

「あんまり出歩かないからピンと来ないけど、大人と打ち合わせしたときに地元の話すると同じような反応されるから、たぶんそうなんだろうね」

「絶対せやろ。すぐ繁華街行けるやん」

「ふつうの人が繁華街に通いはじめるころには家から出ない生活してたから地の利をまったく活《い》かせてない気がするんだけど。夜風《よかぜ》あたし封筒どこに置いたっけ？」

突然トークの腰を折った棗《なつめ》さんに小町《こまち》さんは反応できない。

質問を向けられたぼくは嘆息して答える。

「どの封筒かによる。出版社から来ていた郵便物はまとめてサイドテーブルの上にファイリングしてあるけれど」

「そうじゃなくてあたしが個人販売に使う定形外郵便のやつ」

「主語を明確にしてほしいんだけど……」

不満を伝えつつ、ぼくは棗《なつめ》さんの作業スペースの脇に置いてある3段積みのキャビネットのうち、最上段から要望に沿うモノを取り出した。

無言で差し出すと、棗《なつめ》さんは「ん」と受け取りつつ口を開く。

「夜風《よかぜ》といっしょに暮らし始めてから、失《う》せ物《もの》の頻度が減って助かってるよ」

「ぼくを使ってダウジングしないで。探知機じゃないんだから」

「あぁ、でもこの場合、夜風《よかぜ》を失ったらあたし詰んじゃうね？」

「ぼくをモノ扱いしないで」

「ウチをまたいで漫才始めんなや！」

実のところ、棗《なつめ》さんは使った道具や脱いだ衣服などをそのままにして忘れてしまうことが多々あるようで、最近は「ねえ夜風《よかぜ》、あれどこに置いたっけ？」とぼくに尋ねてくる。逐次それに「デスク横のカラーボックスの上」とか「小物入れの2段目にしまってたよ」などと回答しているうち、いつしかぼくに聞くのが当たり前になってしまっている。

「そこまでいろんなことを覚えてると、覚えたくないものまで覚えてしまいそうで怖いわ」

「たまにありますよ。実家の近くの山道を歩いていたとき、木々の間からゴロゴロとイノシシの頭蓋骨が転がってきたことがあって、いまだに思い出します」

「絵に起こしておきたいからあとで詳しく聞かせて」

「棗《なつめ》さん、話の腰を折らないで。あと思い出したくないことを思い出させないで」

ぼくがそう言うと、小町《こまち》さんは「うえぇ……」と舌を出して顔を顰《しか》める。

「……やっぱりすごいなぁ。才能があるって」

才能。

たしかにそうかもしれない。でも、一度見たものを覚えているだけで、それをアウトプットする手段を持たないぼくは、果たして才能を持っているのだろうか。棗《なつめ》さんと暮らし始めて特に考える機会が多くなった。

「小町《こまち》は勉強できるじゃん」

間髪入れずに棗《なつめ》さんが返す。まぎれもない本心なのだろう。

しかし、そう言われた当事者はさらに肩を落とす。

「勉強ができても、結局自分のやりたいことに結びついてへんなら意味ないんや……」

「小町《こまち》のやりたいことってなに？」

「それすらも……正直わからん」

「じゃあなんで朱門塚《しゆもんづか》に来たの」

「……勉強しか取り柄のないウチでも、何者かになれるんちゃうかって思ったから」

「勉強できればなんにでもなれるでしょ。ていうかどうやって合格したの」

「……レポートを提出したんや」

「レポート？」

「ウチは勉強しかできひんから、芸能とか芸術についてのレポートを書いてん」

「じゃあ頭のよさ自体が芸術の才能だって認められたってことじゃん」

「……そうなんかなぁ？」

「知らないけど」

「せやんなぁ」

棗《なつめ》さんと小町《こまち》さんの言葉のラリーはあまりにもスピーディーすぎて、口を挟む余地がない。

目に見えるほどに気落ちしている小町《こまち》さんに、なんと声をかけるべきかわからなかった。

しかし唯一、彼女に提言できる人間がこの場にいた。

「方法じゃなく、根源欲求をそのまま聞かせて」

相変わらず無表情だが、決して責め立てるような口調ではなく、淡々とヒアリングする。

「根源……？」

「小町《こまち》が求めている状態ってなに？」

「……ウチは」

おずおずと言葉を紡《つむ》いでいく。

「……たくさんの人間に評価されるもの、ウチの力でつくり上げて、認められたい。結局それだけ。なんていうか……すごい子どもっぽくて情けないんやけど」

「それは承認欲求でしょ。あたしだって持ってるよ、それをどうしたいの？」

壁打ちのように発せられる言葉ひとつひとつに、棗《なつめ》さんは鋭利な問いを重ねていく。

小町《こまち》さんは居住まいを正して、「とりあえず考えてること全部しゃべるわ」と宣言した。

「ギャラリーに評価されるものにはメカニズムがあるやろ。詳細は省くけど、いちばん大事なことは『本能』に訴えかけることやと思う。感情と本能は直結してるから」

「一理あると思う」

棗《なつめ》さんが興味深そうに掘り下げていく。ぼくも同じく耳を傾けた。

「ドキドキするとか、ワクワクするとか、そういった感情は不変や。理論武装して、どんな色眼鏡をかけてても、人間である以上は必ず心のなかに本能はある。たとえば『夏目《なつめ》』の作品ひとつとってもそうや。誰しもが持ってる不安とか、絶望とか、悲しみとか、そういったエモーショナルな部分を引き出す力があると思う。だからいろんな人に評価されてる。受け手によって解釈が異なるけれど、根源的には変わらんと思う。解釈っていうのは『なぜそう感じたのか』に対する論理を解明していくフローのことで、受け手側の交通整理みたいなもんやから」

「うん」

ふだんは変化を見せないはずの棗《なつめ》さんが口角を上げている。

興味を惹《ひ》かれたのだろうか。

同時に、ぼくの頭にひとつの疑問が浮かんだ。

――どうして、こんなにものごとを客観的に捉え、理路整然と思考できるほどの人が、あんなにも悩んでいるのだろう？

「……でも、結局は成果物がないと他人の本能を揺さぶることはできひん。本能は誰しもが持っているからこそ、千差万別なんや。そして、そういった『誰かの心に訴えかける力』を創造しうる能力を、ウチはまだ持ってへん……だから悩んでるんや——って、ごめんな。途中から一気に話してもうて。いつもは早口にならんように気をつけてるんやけど……」

「わかった」

「へ？」

唐突な声の主は棗《なつめ》さんだった。ぽかんとする小町《こまち》さんへ、端的に告げる。

「小町《こまち》がわかってないことがわかった」

その言葉が意外だったのか、小町《こまち》さんは息を吞《の》み、目を逸《そ》らしながら答えた。

「ウチがわかってないこと？　どういうことや？」

「小町《こまち》は自分の才能に気づいてないし、気づける環境になかっただけだってわかった」

要領を得ない棗《なつめ》さんの主張に、小町《こまち》さんは首をかしげる。

「ものごとの上澄みだけを眺めている人は、先鋭的なものこそが評価されると思い込む。なぜならば優れたものは尖《とが》った思考を持つ一部の人間が生み出すものだと思っていて、その他凡庸な人間はそれに付き従うしかないって考えるから」

小町《こまち》さんの戸惑いをよそに、のべつまくなしに棗《なつめ》さんは語り続ける。この状態では、なにを言ってもこちらの声は聞こえないだろう。小町《こまち》さんが爆発したらそっとフォローに回ろうと心に決めながら、流水のように垂れ流される声に耳を傾けた。

「けれど、多くの人は知らない。世の中に出ている芸術や芸能はわずか一部でしかなくて、その下には無数の優れた思想が埋まっている。たとえばピカソの絵画やコペルニクスの地動説なんかは世に出た瞬間から万人に定着したわけじゃなかった。先鋭的であることは、かならずしも受け入れられるわけじゃない」

結局、棗《なつめ》さんはなにを言いたいのだろう。傍《かたわ》らに目をやると、ぼくと同じように首をかしげる小町《こまち》さんと目が合った。しかし、なおも棗《なつめ》さんは止まらない。

「だからこそ、先鋭性をメリットとして見せるための最終手段は感覚に訴えること。小町《こまち》が言ったことと同じ。『よくわからないけど、なんかすごい』と思わせることがスタートラインになる。でもつくり手である以上、そこで止まるわけにはいかない。『よくわからないけどすごいもの』に『なぜすごいのか』と問いかけることがすべての始まりになる」

……なんとなくだけれど、棗《なつめ》さんの言いたいことが理解できたかもしれない。

なにか得心したような顔をする小町《こまち》さんを見て、棗《なつめ》さんは口角を上げた。

どことなく、ホッとした表情に見えた。

よかった、伝わった——とでも言わんばかりに。

だから、ここからの説明はぼくが引き継ごう。人付き合いが苦手なのに、考えていること、思っていることを言語化してくれた同居人のために。

「……たしかに、小町《こまち》さんにはクリエイターとしての技量が不足しているのかもしれません。

小町《こまち》さん自身がそう思っているのならば。けれど、小町《こまち》さんは現状を自覚していて、加えて打破するための分析と思考を止《や》めていない。それが才能だということ……ですよね、棗《なつめ》さん？」

「そんな感じ」

「最後の最後で説得性を薄めないでくれる？」

ぼくが会話のバトンを引き継ぐや否《いな》やあさっての方向に目をやっていた棗《なつめ》さんに、ぼくはため息をつきながら突っ込んだ。

精一杯言語化したんだから、せめて合否は教えてほしい。

ともあれ、小町《こまち》さんの気持ちはどことなく軟化したようだった。

「……ありがとう。好きな画家にそう言ってもらえると救われた気になるわ……でも……」

一瞬だけ、どこか憑《つ》き物《もの》が落ちたような顔をしていた小町《こまち》さんだったが、ふたたび表情が曇ってしまう。

「それならウチ……穂含祭《ほふみさい》で、いったいなにをつくれば……」

慰めの言葉をかけるとすれば、ここだろうか。

「あの――」

「じゃあさ」

ぼくが口を開こうとしたところで、棗《なつめ》さんが会話に割り込んでくる。

あまりにも突然で、予想外の提案だった。

「小町《こまち》はあたしのディレクターになって」

5

思いのほか、棗《なつめ》さんと小町《こまち》さんの馬が合うことに気付いた。よく考えてみれば棗《なつめ》さんはそもそも見ているものが違う。だから使用する言葉が他人とズレてしまい、結果として他人とうまくコミュニケーションが取れない。

少なくともぼくはそう解釈している。

一方で小町《こまち》さんはというと、とにかく相手を否定しない。否定しないから、どんな人間でも小町《こまち》さんに対してなんでも話せる。だからこそ個性的な生徒の揃《そろ》う特殊な環境に順応して交友関係を広げられるし、棗《なつめ》さんとも話せる。

ある種、納得の結果でもあった。

ただ——そこまで考えたところで、ますますわからなくなる。

棗《なつめ》さんはどうして、ぼくとの共同生活を続けているのだろうか。

ぼくが便利だから？　身の回りの世話を焼いてくれるから？

焦点を絞るとわからない部分がたくさん出てくる。

棗《なつめ》さんの求める『高校生活』の要件は、まだ満たされていないのだろうか？

皐月《さつき》さんの居場所にあたりをつけて足を運んでみると、案の定タバコを口に咥《くわ》えて至福のひとときを楽しんでいた。喫煙所に蹲踞《そんきょ》の姿勢でしゃがみこんで紫煙を吐く。教師とは思えないほどガラが悪い。

棗《なつめ》さんに小町《こまち》さんを引き合わせたこと、小町《こまち》さんが棗《なつめ》さんと共同制作にあたることなど、一連の出来事をかいつまんで説明したところ、皐月《さつき》さんは安堵《あんど》したように息をついた。

「まぁ、わざわざ吹聴するようなタイプじゃないよなァあの子は」

胸を撫《な》で下《お》ろす皐月《さつき》さん。

「実はなァ、本人からも直接礼を言われたよ。クリエイターって社会常識が無いタイプが多いのに、どこまでも出来た子だよ。こっちも慣れてねぇからカッコよく返せなかった」

「どう返事するつもりだったの？」

「先生が生徒の面倒見るのは当たり前だ、って言うつもりだった」

つまり決《き》め台詞《ぜりふ》を言えなかったんだな……と少し憐《あわ》れみの目を向けつつ、ぼくは簡潔にその後の出来事を報告した。小町《こまち》さんから直接聞いているのなら不要なのかもしれなかったけど、ふたりを引き合わせたのは他でもないぼくなので、筋を通そうと思ったわけだ。

棗《なつめ》さんのぶっ飛んだ自然体の姿に、小町《こまち》さんは特に嫌悪感《けんおかん》を抱いた様子もなくふつうに接していること。なんならふつうに会話できていること。

そして最後に、

「棗《なつめ》さんが、小町《こまち》さんに『ディレクターになって』って言ったんだけど……どういうこと？」

疑問形で締めくくる。

すると皐月《さつき》さんは新しいタバコに火をつけながら、こともなげに答えた。

「そりゃアレじゃん。『夏目《なつめ》』がいままで手がけたことのない作品に挑戦するから、優秀なパイプ役が欲しかったんだろ。大ホール使うってことは、音響とか照明の発注、音源や映像を使う場合には裏方が必要だ。そういう人らを取りまとめるのがディレクターの仕事ってわけ。いいんじゃね？　君家小町《おおやこまち》は適役じゃね？　あの子のためにもなるだろうし」

「皐月《さつき》さんから見て、そう思う？」

「橘棗《たちばななつめ》なりの思いやりなんじゃね？　なにかをつくりたくて朱門塚《しゆもんづか》に入ったはいいけど、なにをつくっていいかわからない。君家小町《おおやこまち》の悩みの根源はそこにある。だから、新たな選択肢として『夏目《なつめ》』の共同作業者として取り込むことで自己肯定感を植え付けようって感じかなア」

「……棗《なつめ》さん、そこまで考えてるのかな？」

「知らねぇ。天才の思考は凡人にはわからねぇ。だから天才なんだよ」

そういうものなのか。そうなんだろうな、朱門塚《しゆもんづか》の教師が言うのなら。

「すげぇ好意的な解釈に他ならねぇけどな！」

わはは、と豪快に笑う皐月《さつき》さん。

と、そこでぼくの脳裏にひとつの疑問が浮かんだ。

「――そこまでして、棗《なつめ》さんはいったいなにをつくるつもりなんだろう」

ぼくがつぶやくと、瞬時に皐月《さつき》さんの笑顔が消える。

なにも声を発さずに、信じられないものを見るような目でぼくを見つめる。

「な……なに？」

「いや、え？　どういうことだ？」

「どういうって？　さっぱりわからないんだけど……」

こちらの疑問に対して、皐月《さつき》さんは衝撃的な事実を口にする。

「橘《たちばな》　棗《なつめ》から受け取った穂含祭《ほふみさい》の申請書、共同作業者の欄にお前の名前も書いてあったぞ」

「――――え？」

頭が真っ白になる。

「…………そ」

それでもなんとか、喉の奥から声を紡《つむ》ぎ出《だ》す。

「そんなわけないでしょ？　ぼくはまったく別の――」

「ああ、そうだよな。夜風《よかぜ》から受け取った申請書には『使用予定地・演舞場』『題目・演舞（日本舞踊）』って書いてあった」

たしかに記入した。提出するときにもう一度見直している。一度見たものは忘れない。だから間違いないはずだ。

「でも、橘棗《たちばななつめ》の申請書にはちゃんとお前の名前が書いてあったし、その時点でお前の申請内容は上書きされてるぜ？」

「ぼくが書いたわけじゃないよ！」

「だから、なんか気が変わったのかなと思ってさ」

「ぼくの意思が介在していないから無効でしょ！」

「と言われてもなぁ。もうタイムスケジュールはほぼ確定してるし、演舞場はそもそも使用予定者が少ねぇから、別のホールに回す予定なんだよ。夜風《よかぜ》が希望しようがしまいが舞台は替わってるんだぜ」

「じゃあ、せめて別の――」

「だからタイムスケジュール決まってるんだって」

「そう言われても……なにをやるのか棗《なつめ》さんから聞いてないし……」

こちらの主張を受けて、皐月《さつき》さんは「ふうむ」となにか思考を巡らせた後――。

「ま、ここがが、い、い、ばりどこ、ろってことじゃねえの？」

すっくと立ち上がりながら言い捨て、ぼくを残して喫煙所を去っていった。

ぼくはというと、予想外の事態に頭が混乱して、その場に固まっているだけだった。

どういうこと？

ぼくが共同作業者？

どうしてそうなった？

なにがどうなってる？

棗《なつめ》さんは――なにを考えている？

本来なら、すぐにでも部屋に戻って問い詰めたいところだったのだけれど、あいにく小町《こまち》さんから「ちょっと話したいことがある。待っといて」とアポイントを取られていたため、混乱したままひとまず教室へ戻ることとなった。

「おつかれさま。いきなり呼び出してごめんなぁ」

「……お気になさらず」

頻繁に部屋へ遊びに来るようになってから、小町《こまち》さんはずいぶんと砕けた調子で話してくれるようになった。あたりさわりのない受け答えがするすると口をつく。

「込み入ったお話なら寮でもお伺いできますが、どういうご用件でしょう？」

頭の中はふわふわとモヤが漂っているような状態のまま。

それでも、小町《こまち》さんの快活な声は脳内に滑り込んできた。

「穂含祭《ほふみさい》の申請内容変更、正式に認めてもらったわ。夜風《よかぜ》さんと棗《なつめ》さんの共同作業者ってことになる。肩書きはディレクターやな」

――『小町《こまち》はあたしのディレクターになって』。

棗《なつめ》さんの口から放たれた荒唐無稽なオーダーを、結果的に小町《こまち》さんは快諾した。ウチに務まるかどうかわからんけど――と自信はなさそうだったけれど、この様子ならきっと問題はないはずだ。ただひとつ、ぼくが共同作業者に含まれていることを除けば。

『小町《こまち》にディレクターが務まるかどうかは依頼者のあたしが決めるから気にしないでいい。あたしにとってできているかどうかが大事だし、たぶん小町《こまち》ならできることだと思う』

という、気休めになるのか否《いな》かわからない返答により、小町《こまち》さんはひとまず納得したようだった。

「……そうでしたか、なによりです」

ひとまずそう返しておいた。

「で、本題やけど。演目について、先に夜風《よかぜ》さんと構想を擦り合わせようと思って」

「……擦り合わせ？」

「うん。穂含祭《ほふみさい》の演目。ウチは『夏目《なつめ》』から制作指揮《ディレクション》を任された。穂含祭《ほふみさい》の共同作業者になったわけや。夜風《よかぜ》さんのスキルと棗《なつめ》さんの求めるゴールを擦り合わせて成果物に落とし込まなあかん。あとで夜風《よかぜ》さん抜きで棗《なつめ》さんとも話するつもりやで」

「……ええ……と……はい」

混乱が思考を支配するなか、さらに小町《こまち》さんは続ける。

「コミュニケーションってのはな、内心思ってることでも、相手に遠慮して言えへんことがあったり、逆に相手に気を遣って、分不相応なことでも引き受けてしまったりする。でもな、こういう共同作業において、心意気みたいなもんは時として邪魔になったりするんや」

「あの、わたくし……まだなにも……」

考えられなくて、という次に続く言葉を読んだらしい小町《こまち》さんが「そっか」と納得する。

「んじゃ、ウチらは個々人でできることをやるってことで。棗《なつめ》さんがどんな演出を求めてるのかはウチが引き出しとくから、夜風《よかぜ》さんはとりあえず手数だけ増やしといてな」

「手数……？」

「なるべくいろんな演舞を見たり、思い出したりしといて」

そう告げて、小町《こまち》さんは颯爽《さっそう》と教室を出て行ってしまった。

状況の整理が必要だ。

棗《なつめ》さんが、ぼくを勝手に共同作業者として記名していた。

でも……ぼくはこの学園において、あくまで花菱《はなびし》風音《かのん》の代わりでしかない。同じ屋根の下で風音《かのん》の舞を見ていたのは事実。しかし模倣することはできても、同一化なんてできない。

もし、そこに違和感の一滴すら失《な》くなってしまったなら……きっと、ぼくの存在自体が消《き》え失《う》せてしまうような気がする。けれど、それでもいいのかもしれない。

ぼくは教室を後にして、そのまま学園の正門へ向かう。

他の生徒が『手を動かしてなにかをつくる』のならば……手の動かしかたを知らないぼくは、ぼくにできる手段でなにかをつくらなければならない。

ふと、立ち止まる。

ぼくにできる手段で、なにかを……。

「………なにかを、つくる」

もやもやとした不安が、徐々にかたちを成していくのがわかった。

ぼくは穂含祭《ほふみさい》で、『夏目《なつめ》』と共同でな、に、か、をつくる。

いったい……どうやって？

interlude

I will inspire your insipid days.

あたしはものごとを簡略化できない。

だから毎回、時系列をたどりながらものごとを考える。

限られた行動範囲にある面白そうなスポットがそこしかなかった。もっともあたしが自ら行動範囲に制限をかけているだけなんだけど。

消去法的な選択によって屋上に出たんだけど、案外悪くない。基本的に同じ風景が続いているけど、敷地が広いぶん遠くまで見渡せる。割れた窓から噴き出す炎も、無機質なビルの割れ窓から立ち上る怨嗟《えんさ》の集合体も、なにもかもがひとつの画角におさまっている。めったに家を出ることのないあたしにとってはとても新鮮だった。まともに学校に通ったことすらないし。とは言ったものの、いまこの瞬間も通っているとは言《い》い難《がた》いな。

閑話休題。空色をキャンバスに塗り込む。

芸術は本来、人間にとって不要なものだと思う。音楽を聴いても腹は満たされないし、本を読んでもいずれ眠気はやってくるし、絵を眺めなくても人は死なない。それでも無形文化として伝わってきたのは、きっと絵を描かなきゃ死んでしまう人間が一定数いるからなんだろうなって思う。あたしもそのひとりで、そんな人間に生まれてしまったのは損だなぁと思う。

閑話休題。灰色をキャンバスに塗り込む。

それにしても夕方の学生寮の屋上っていうのはとても落ち着く空間だ。落ち着いていて、空気が澄んでいて、ノイズになるものがなにもない。たまに生徒がやってくるけど不用意に話しかけてきたりしないし。もっとも、昼間は日光で視界が遮られるし、肌だってピリピリと痛む。以前かかった心療内科医に『決まった時間に起きて、散歩をして、太陽の光を浴びれば身体《からだ》も落ち着いてくると思いますよ』とアドバイスされたことがあるけど、あたしからすればどう考えても直射日光を浴びるほうが健康に悪い。だいたいあたしは常用している睡眠薬を処方してもらいたいがためにかったるいオンライン診療に申し込んでいるわけで、形而上《けいじじょう》必要な儀礼なんだったら適当に済ませて薬だけ郵送してくれとしか思えない。現状をどうこうしたいと思っているわけでもないし。なんだかんだ高校にも入れたからね。

閑話休題。水色をキャンバスに塗り込む。

なにを考えてたっけ。芸術のことかな。屋上と絵画の親和性についてだっけ。よく、なにかを考えているときに別のアイデアが湧いてきて、そっちに気を取られて先に考えていたものがどこかへ消えてしまう。だからその都度、絵筆を執らなければいけない。面倒な体質だと思うけど仕方がない。15年生きるとさすがに慣れてくる。備忘録代わりだったSNSのアカウントにもたくさんフォロワーがついているし結果オーライ。でも、もしも制作過程すべてを覚えていられるような人間がこの世にいるのなら、その力を分けてもらいたいものだとも思う。

閑話休題。橙色《だいだいいろ》をキャンバスに塗り込む——そんな折。

「はじめまして。橘棗《たちばななつめ》さん」

めっちゃ話わかるやつ来たじゃん、って思った。

この人なら、あたしの絵筆になってくれるだろうと直感した。

あたしに描けないものを描く手段そのものに。

「人を絵筆にするのは初めてだなぁ」

そうつぶやいたのだけれど、夜風《よかぜ》はなにも反応してくれなかった。

花菱夜風《はなびしよかぜ》をはじめて見たとき、あたしの心の中に芽生えたイメージは『迎合性』だった。

見た目をいくら偽っても、骨格や筋に目をやれば男性だということはすぐにわかる。朱門塚《しゅもんづか》女学院《じょがくいん》は『女学院』というくらいだから女子校だったはずだし、そんな環境下に同年代の男の子が存在することの異常性くらい理解しているつもりだ。逆のパターンだと少女マンガの題材になったりするし。それでいてなお夜風《よかぜ》は自らの性別を偽り、学校生活において完璧な女性を演じている。

あたしは思った。女性しか存在しない環境において男性が女性を演じている。これが成立するための要件はひとつしかない。やむをえない事情によって女装させられ学校に通わされている。ではそのやむをえない事情が気になるかと言われれば間違いなく気になるけど、ふつうに尋ねるだけではあたしの望む答えは返ってこないだろう。あえて屋上では事情を尋ねずに機をうかがおうと思った。

だから、夜風《よかぜ》が開けっぴろげに『やむをえない事情』を語ってくれたのが嬉《うれ》しかった。

あたしは人を信じすぎる。そういう体質なのだと医者に言われたことがある。形質的にしかたのないことらしい。言葉を額面どおりに捉えてしまう。嫌みやたとえ話をうまくインプットできない上に、相手の話に興味がないとすぐに別の場所に視線をやってしまったり、落ち着かずに動き回ったりするものだから、小学生のころに人と話すのが面倒くさくなってしまって部屋に籠もった。それを許してくれる環境だったし。ああ、そういえば早口だって言われることもたくさんあったな。あたしとしては考えていることをそのまま声帯を通じて外気と交わらせているだけなんだけど。みんなはどうやら違うっぽい。相手に伝えるものごとを精査した上で必要な単語を適切に選んで話しているらしい。たまにクライアントとの音声通話でもあたしの会話は一方通行だと言われる。それでも依頼をかけてくれる人には頭が上がらないけど、結局のところみんなが当たり前にできることをあたしはうまくできない。

――なに考えてたっけ。

――あ、夜風《よかぜ》のことか。

出会ってわずか数十分のうちに夜風《よかぜ》がふつうの人間でないことはわかっていた。いや、ふつうの人間じゃないのは一瞬でわかったな。あたしの顔を知らないからあたしを橘棗《たちばななつめ》だと特定したという情報処理の方法はあまりにも意味不明すぎるでしょ。夜風《よかぜ》がすぐさま種明かししてくれたけど、見たものを瞬時に記憶して適切な箇所でアウトプットするなんて所業、どう訓練したって一朝一夕で身につくものではないと思う。すなわち天賦の才。天才。

でも、夜風《よかぜ》は自分の能力に気づいていない。活《い》かしかたを知らない。必要のない環境で生まれ育ったからと言っていた。芽吹く機会のない才能は一生花開くことはない。もったいない。

だからあたしは夜風《よかぜ》の『目』が欲しい。つくったことのないものをつくってみたい。

夜風《よかぜ》といっしょになにかをつくる、という抽象的な命題の実現方法は一瞬で閃《ひらめ》いた。あたしの頭の中に浮かんだイメージをイラストに起こして、夜風《よかぜ》に演じてもらえばいい。聞いた感じ、夜風《よかぜ》は一度見たものを映像として記憶して、その中からスクリーンショットを撮るみたいに当時の風景を切り抜いているっぽい。

瞬間記憶能力《カメラアイ》ならぬ、連続性記憶能力《ビデオカメラアイ》だ。

それならばイラストとイラストをつなぎ合わせて夜風《よかぜ》の自由意思を織り交ぜながら結合する手法がいい。夜風《よかぜ》がいつも無意識におこなっているアウトプットを鯉《こい》みたいに遡れば、あたしから夜風《よかぜ》の眼《め》にアクセスできる。

あたしが夜風で夜風があたしなら実現できる。

でも、そのためには越えなければならない壁がある。過不足のないコミュニケーションだ。単にイラストを見るだけでは意図が伝わらない。身をもって理解している。あたしがなんとなく描いた絵がたくさんの人たちの心を打ったり、一方であたしが自罰的なテーマで描いた絵が風刺画っぽいと評されたり、『そんなふうにつくったつもりないんだけどなぁ』と思わされることがたくさんあった。いまもある。これからもあり続けると思う。

閑話休題。なんの話だったっけ。

――そう、どうやって夜風《よかぜ》を絵筆にするか、という話だ。

舞台で演目を披露する際に必要な手順についても統制が取れないと難しい。基本的には色彩表現をスクリーンに映すあたしのイラストと照明に任せるつもりだけれど、そこに連動する音響が必要となる。そしてあたしには音響の心得がないわけで、学園側に手配を頼むことになるわけだけど、そこにパイプが存在しないのだ。とても困る。困ったけど、いつもの悪い癖で後回しにしてしまっていた。気になると手が進まなくなるから気にしないようにした。

そんななか、小町《こまち》と出会った。

正確には夜風《よかぜ》が連れてきた。

小町《こまち》はあたしの作品を好きだと言ってくれた。『そんなふうにつくったつもりないんだけどなぁ』って感性もたまには役に立つね。まさかあたしの欲《ほっ》する人間がまた手に入るなんて。

あたしは早口だと言われる。考えていることを1から10まで話すから自然と多弁になる。あたしに興味関心のない人間はさっさと対話を打ち切ってしまうし、実際それで学校に行かなくなったんだけど、小町《こまち》は違った。あたしの多弁と同じくらいの情報量で打ち返してくる。あたしが1から10まで話したら、5から8くらいまでの流れを自然に擦り合わせた上で10くらいの情報を叩《たた》き込《こ》んでくる。あたしと会話できる人いるんだ、と思って嬉《うれ》しくなった。

そして小町《こまち》は穂《ほ》含祭《ふみさい》になにを提出すべきかを悩んでいた。願ったり叶《かな》ったり。この力があれば、あたしが夜風《よかぜ》に求めることをうまく解釈して、過不足なく夜風《よかぜ》に伝えてくれる。あたしが見落とした重大なものごとを丁寧に掬《すく》い上《あ》げてくれる。あたしが、い、い、い、小町なら実現できる、、、

うまくいくはず。

――なんの話だったっけ。

朱門塚女学院《しゅもんづかじょがくいん》の門を叩《たた》いた際、あたしは校長の朱門塚明日華《しゅもんづかあすか》と個人面談をおこなった。といっても事前に勧誘を受けていたため、顔合わせ程度のやりとりだったけど。朱門塚明日華《しゅもんづかあすか》はどうしてか、あたしが中学3年生だと知っていた。後からテキストベースでやりとりした際、父親が個人的にコンタクトを取っていたと知った。

ふつうの子ならどうなんだろう。漠然とした将来の夢や目標があったりして、学業成績と照らし合わせながら自分で志望校を決めたりするのだろうけれど、あいにくあたしにはそんな当たり前のことができない。父親も父親で、家のなかに閉じこもっていたあたしに対してなにかしら思うところがあったのかもしれない。そっちに関しては具体的にやりとりしたわけじゃな

いからわかんないけど。

朱門塚明日華《しゅもんづかあすか》からは『精神的な負担になるのなら登校しなくてもよい』と言質《げんち》を取った。

しかし原則的に学生寮はふたり部屋となる。特別待遇はあくまでカリキュラムにおける話であって、私生活に関してはふつうの生徒と同じ扱いとなった。

これを受けてあたしは『嬉《うれ》しい』と率直に感じた。同年代の人間と共同生活を送るのなんてはじめてだったし。それに朱門塚《しゅもんづか》には全国から変わった人が集まる。若くして芸術・芸能の道を選択する人々だ。小学生のころのような苦い思いを味わうことはないだろうと思った。

思っていた。

同室の子はいい子だったなぁ。

あたしからすればとても社交的な性格で、睡眠時間のバグってるあたしに気を遣って深入りせずに接してくれた。人がたくさんいる空間だと不安に吞《の》まれそうになるというあたしの体質にも理解を示し、そっとしておいてくれた。

そんな彼女に、あたしは自らが『夏目《なつめ》』であることを伏せていた。伏せていたという表現が正しいのかどうかはわからない。厳密には、言う必要性がなかったので黙っておいた。

けれど、そんなルームメイトもしだいに心が離れていく。理由は単純だ。生活リズムがまるで異なる。ルームメイトが活動しているタイミングであたしは眠っている。逆もまた然《しか》り。おまけに、いくら社交的と言っても会話ができるかどうかは別の話だ。共通の話題もない。

――なに考えてたっけ。

ああ、そうだ――元ルームメイトのことだ。

1ヶ月が経過して、とうとう彼女はしびれを切らした。

『橘《たちばな》さん。夜、ずっとなにしてるの？』

自分が『夏目《なつめ》』という名前で活動している事実を黙っていたあたしは、当然ながら彼女に自分の絵を見せていなかった。だから、あたしの手元のタブレットに目をやった彼女がどのような反応をするのか、想像もつかなかったのだ。

入寮日、先に部屋に入っていたあたしに向けてくれた笑顔は、とっくに脳内から消えていた。もう顔も思い出せないけど。でも、表情を覆っていた昏《くら》い感情だけは覚えている。

『私じゃ橘《たちばな》さんの高校生活の相手になれない』

覚えてなくてもいいのに。


『橘《たちばな》さんの期待に応えられないよ』

どうして必要なことは頭に入らないのに、忘れたいことは覚えてしまうんだろう。

結局、ルームメイトは学校を辞めて、元ルームメイトになってしまった。

あたしの存在が、朱門塚《しゅもんづか》を去る決定打となったのかどうかはわからない。わかるはずもないのだ。観測できないから。もしかすると先生たちはなにかしら聞いているのかもしれないけれど、わざわざ聞こうとも思わない。重要なのは、また独りになってしまったという事実だけ。自ら言い聞かせないと意識に浸透しない。余計なことがノイズのように折り重なって大事なものが隠れていく。あたしはそれを受け入れていたし、相応の生きかたをしようと覚悟を決めたはずだった。『発達障害がよくわかる本』も、『アスペルガー症候群のすべて』も、『注意欠陥・多動性障害のトリセツ』も、あたしにとっては無用の長物だった——はずだった。

でも……ようやく、あたしの絵筆が見つかった。

第四幕・前 「えんじて」

I will inspire your insipid days.

1

「うぅぅぅぅぅぅぅぅぅ」

紅茶を啜《すす》りながら読書をしていたところで、ベッドからあがった怪獣のようなうめき声。うなされているというよりは、体調不良で嘔吐《えず》いているようにも聞こえた。

寝床に近づいて念のため様子を確認すると、布団《ふとん》にくるまって顔だけ出した棗《なつめ》さんが瞼《まぶた》を痙《けい》攣《れん》させながら地鳴りのような音声を発していた。

「棗《なつめ》さん、だいじょうぶ？　どこか具合悪いの？」

「…………」

ここのところ、棗《なつめ》さんは前よりも遅くまで絵に没頭している。

仕事が忙しいのだろうか。

踏み込むのも違う気がして、ただ事実のみを観測しているだけだった。

ぼくの声掛けに対する返答はない。目覚めたわけじゃないみたいだ。寝ているのかな？

「なにか飲む？」

「………白湯《さゆ》で」

「起きてたんだ……」

ぼくは部屋を出て、給湯室へ向かう。ケトルで沸かしたお湯を保温用のポットに詰めて部屋に戻ると、ベッドに腰掛けて目を擦《こす》りながら棗《なつめ》さんが待機していた。

「横になっていればいいのに。あまり眠れていないでしょ？」

「眠れる日なんてないよ」

「どう答えればいいのか、いまだに正解がわからないよ」

「正解なんてない。なんだかんだ夜風《よかぜ》は面倒見てくれる。だから待ってた」

彼女なりの礼儀だったらしい。

ぼくはため息をつきながら湯呑《ゆの》みに白湯《さゆ》を注ぎ込む。就寝前や起床後にコップ一杯の水を飲むのが健康にいいらしいけれど、棗《なつめ》さんの場合は睡眠周期がバグっているので健康法の適用対象に入るのかは謎だ。

「ありがと……」

両手で湯呑《ゆの》みを受け取り、口をつけて「あちっ」とつぶやく棗《なつめ》さん。音を立てて啜《すす》る姿がどことなく頬袋に木の実を詰め込むリスみたいだった。

「睡眠薬」

「うん？」

「飲み忘れたかも……？」

棗《なつめ》さんのつぶやきに、ぼくはデスクに置いてあるピルケースに目をやった。

彼女は昼間と就寝前で薬を使い分けている。具体的な成分は知らないが、カプセルタイプと錠剤タイプの2種類があって、見た目だけで違いはわかる。

中身をあらためて、ぼくは棗《なつめ》さんに声をかけた。

「心配しないで。ちゃんと飲んである」

「夜風《よかぜ》が言うなら間違いないね。じゃあなんで眠れないんだろ？」

「ぼくの存在を無視して自問フェーズに入らないで」

「まあ、なにかに集中すると眠気なんて吹っ飛ぶからしかたないか」

「自然に自答しないで」

全幅の信頼を置かれると逆に心配になる。

いわく、薬を飲む習慣があると、無意識のうちに飲んでいることがあったり、飲んだと思い込んで忘れていることがたびたびあるらしい。それはそうと、昨晩ぼくが就寝するころ、棗《なつめ》さんはデスクに座って黙々とタブレットになにかを描き込んでいた。

いったいいつ眠ったんだろう。寝覚めの悪さの原因はそこにあると思うのだけれど。

「ねえ、夜風《よかぜ》」

とりとめのないことをつらつら考えていると、か細い声で棗《なつめ》さんが声をかけてきた。

「どんな気持ち？」

ぼくの周囲には主語があいまいな女性が多すぎる。

「もうすこし詳しく言ってほしいんだけれど」

「見たものをすべて覚えてるって、どんな気持ち？」

率直に、どう表現したものかわからない。

「……答えようがないかな。ぼくにとってはこれがふつうだから」

経験したひとつひとつの情景が、アルバムのように頭のなかに整理されていて、それを逐次参照しているのだ。この感覚を言語化するのは難しい。

「逆に聞きたいんだけれど、棗《なつめ》さんはどういう気持ちで絵を描いてるの？」

「うーん、見たものを覚えておきたいから描いてるのかも」

「ますます返事しづらくなったな……」

これできっと会話は打ち止めだろうな、と踏んでいたのだけれど、予想に反して棗《なつめ》さんはさらに言葉を続けてきた。

「ただ、あたしは……あたしの絵を見た人を幸せにしたいと思ってる。それだけかな」

「意外すぎて困惑してる」

ぼくの知る限り『夏目《なつめ》』の作品はおどろおどろしくて、グロテスクで、世の中に堆積した澱《おり》のようなものをそのままキャンバスに叩《たた》きつけたようなオーラを纏《まと》っている。世の中の災厄を結集したような禍々《まがまが》しい作品がたくさんある。

生きることの辛《つら》さや、人間社会における閉塞感などが具象化したように。

その作者が他人の幸福を願っているだなんて、お世辞にも思えなかった。

「方法が違うだけだよ……他人の人生のなかにあたしの存在は要らない。誰かを牽引《けんいん》したいだなんて思わない。『こいつが見てる世界に比べたら自分はまだマシだな』って、相対的に幸せを感じてくれたらあたしはそれでいい」

「……棗《なつめ》さんは、どうして絵を描き始めたの？」

いつだったか聞いたような気がするし、聞かなかったような気もする。きっと生産性のあるやりとりが無かったから記憶から消去していたのだろう。ぼくが覚えているものは、きちんと目にしたものだけだから。

棗《なつめ》さんはしばしの沈黙の後、先ほどと同じように声を絞り出した。

「きっと、さっき夜風《よかぜ》が感じたのと同じ気持ちになってる。違うかな？」

「ぼくに聞かれてもわからないけど、たぶんそうだと思う」

感覚の言語化って、本当に難しい。

「とりあえず、クライアントから受けてる依頼はあらかた捌《さば》いたから、起きたら穂含祭《ほふみさい》の作品を考えるだけでいいや……リテイク入らないといいなぁ」

「リテイク？　描き直しってこと？」

「場合による。修正のときもあれば、やり直しのときも」

　ふと、湧いた疑問をぶつけてみた。

「依頼者が絵画に精通していない場合、棗《なつめ》さんに修正を依頼するのってどういう基準に基づくんだろうね。素人《しろうと》がプロに意見するのって難しいと思うんだけど」

「あたしもそう思う。ビジネスとして割り切ってる人なら『クライアントの意見が第一』とか『結局イラストを見る人はほぼ全員が素人《しろうと》だから、素人《しろうと》の目線に合わせるのがスジだ』とか言うんだろうし、実際に言ってる人も見たことあるけど、あたしは無理。こだわり強いし」

　無理なのかよ。

　毎回どうやって仕事してるんだろう……と思ったけれど、よくよく考えれば、棗《なつめ》さんが誰かと音声通話をしている場面に覚えがない。一般人が働いている間、ぼくは学校に行っていて、仕事の連絡は日中におこなわれるだろうから当然かもしれないけれど、それにしても頻度が少ない気がする。ゆえに、仕事の関係で揉《も》めているところは見たことがなかった。

「頭ごなしに『あたしの仕事に文句あんのか』って怒るわけじゃなくて『これで完成してるのにどこ直せばいいの』ってなる。実際に、それで白紙になった依頼もたくさんある」

「棗《なつめ》さんと話してると、大人の世界の片鱗《へんりん》を見せつけられている気持ちになる」

「大人の世界に迷い込んじゃった子どものドキュメンタリーって感じかな」

「いまいち伝わらないな……」

「伝わると思ってないから問題ないよ」

「……つくづく、ぼくたちはどうしてコミュニケーションとれてるんだろうね」

「とれてるのかな。とれてるって思ったことないからわかんない……ねむぅ……」

棗《なつめ》さんはベッドにばたりと倒れ伏し、掛《か》け布団《ぶとん》から腕をにゅっと突き出して、

「見ておいてね」

と、デスクを指し示した。

「舞台設計、なんとなくイメージ図を起こしておいたから……」

「……もうちょっと伝わる言葉で説明してほしいんだけど」

「それはあくまでイメージだから。絵を描くだけならそれを投影すればいいけど、実際に舞台をつくってかなきゃいけないし、これから具体性を固めてく……んじゃおやすみ……」

以降、反応は無かった。まさか一瞬で睡眠状態に入ったわけではないだろうと覗《のぞ》き込《こ》んでみたら、どうやら耳栓をしているらしい。以前、聴覚過敏があるとか言ってたっけ……。

わざわざ起こすのも忍びなかったので、ひとまず件《くだん》のイメージ図とやらに目を通す。

画用紙の中央に、大きな鳥が飛んでいた。

「……鳥、なのかな？」

炎を纏《まと》った巨大な鳥が、大きな羽をはばたかせて、こちらに向かって飛翔《ひしょう》している様子が描かれていた。背景に描かれているのは鳥籠だろうか。

画角に収まりきらないほどダイナミックに広げられた翼が、煌《きら》びやかなオーラを纏《まと》っている。

モノクロのイラストが色彩をともなっているようにすら感じた。

一方で、ひとつ違和感があった。

「……で、どれがぼく？」

絵のなかに人間がいないんですけど。

説明を求めようにも、棗《なつめ》さんが活動を再開する気配はない。

——彼女の目には、いったいぼくはどんなふうに映っているのだろうか。

いつだったか、棗《なつめ》さんが口にしていた『見たままを描いている』という言葉は、きっとそのとおりなのだと思う。けれどぼくは『夏目《なつめ》』じゃないから、彼女がぼくをどう見ているのかを類推することはできない。受け手側が解釈を一本化できないからこそ、『夏目《なつめ》』の作品は高い評価を得ているのだから当然だと思う……それならば。

棗《なつめ》さんが見たままを描いているのならば、説明を求める意味はないのでは？

きっと『どこからどう見ても夜風《よかぜ》じゃん』としか答えは返ってこないから。

彼女の描く世界をつなぎ合わせて、絵画とは異なるかたちで具象化させるための絵筆。

そういう存在になるためには、いったいなにをすればいいのだろう？

いまだ答えにたどり着けないまま、今日もぼくは教室へ向かう。生徒の誰もが一心不乱になにかをつくろうと躍起になっている空間に、なにもないぼくが放り出される。

情熱は必要ないと思っていた。

そんなぼくが――同じ土俵に立てるのだろうか。

こわい。

こわくて――どうしようもなく、心が苦しい。

怯《おび》えているぼくを置き去りにして、棗《なつめ》さんは今日もなにかをつくり続けている。

2

ある日、いつものように授業を終えて寮に戻ると棗《なつめ》さんが床に倒れていた。

「へ？」

周囲には描きかけの絵や画材が散乱し、爆心地の様相を呈している。

素っ頓狂な声が漏れ出た。脳が現状を把握する前に駆け出す。

「ちょっと！　棗《なつめ》さん⁉」

とっさに近づいて様子をうかがう。

「なにがどうなってるの⁉　なにがあったの⁉」

「…………った」

「どうしたの？　話せないなら無理しないで！　肩を貸すからベッドまで──」

「おなか、へった……」

「…………………へ？」

聞き間違いかな？

「……いま、なんて言った？」

「おなかがへりました」

「………………」

ひとまず、彼女の身体《からだ》を支えるのを放棄した。

「ぐぇ」

ばたん、と音を立ててふたたび床に伏す棗《なつめ》さん。

ぼくはパタパタと乱れた衣服を整えながら、彼女を見下ろしつつ問いかける。

「主張はそれだけ？」

「……『おなかがへりました』が最期《さいご》の言葉になると嫌だなぁ、とは思ってる」

返す言葉が見つからなかったのでひとまず黙る。意外と余裕あるのかな。

こちらの沈黙を塗り替えるように棗《なつめ》さんが続けた。

「絵を描いてると睡眠や食事を忘れちゃうんだよ。今日は休薬日だし……」

いまひとつ要領を得ない説明に、ひとまず彼女の身体《からだ》を起こすことにした。

腕を引《ひ》っ摑《つか》んで地引網みたいにぐいぐい運ぶ。「うぅ〜」とくぐもったうめき声を出しながらも、なんとかベッドに放り投げた。

「あらためて説明してもらっていい？」

「過集中のこと？　聞いたことない？　作業してるとき、目の前の光景しか見えなくなったりしない？　周りの音とか、声とか、まったく聞こえなくなるやつ」

「ないけど……」

彼女の身体《からだ》および精神的な事情を深く知らないぼくは、込み入った発言をぶつけることはできない。だから、かろうじて気になっていた問題に水を向けた。

「空腹の理由が気になってるんだけど」

「あぁ、そうだ……おなかへった……」

そうボヤいて、棗《なつめ》さんはぐったりと両手足を広げる。同時に、まるで計ったかのようなタイミングで「ぐるるる」と爆音のような空腹音が聞こえた。

「きのうのよるからなにもたべてない……」

「外になにか食べに行く？」

「やだ」

ぴしゃりと断られてしまう。

「外、出たくない」

「どうして？」

思わず聞き返すと、棗《なつめ》さんは真剣な表情で、額にうっすらと汗を滲《にじ》ませながらつぶやいた。

「人がいっぱいいる場所で、ごはん食べられない」

登校することすら難しい彼女には酷な提案だったかもしれない。

ぼくはドレッサーの脇に置いてあった小物入れからヘアゴムを取り出し、手早く髪の毛を括《くく》ってエプロンを着ける。冷蔵庫を確認すると、以前ぼくが買っておいた食材がすこしだけ余っていた。部屋を移るときに「まだ食べられるし、捨てるとバチが当たるな」と思って持ってきたものである。学生寮の部屋にキッチンはない。火事の原因になり得るのと、単に生活空間を確保するために構造上設置されていないわけだけれど、共用部には調理スペースがある。

「ぼくがつくるよ」

キャベツやにんじんなどの野菜くずとホールトマトの缶詰め、パスタの乾麺が１００グラム。コンソメのキューブ。60グラムのベーコン。これだけあれば十分だ。

「夜風《よかぜ》、料理できるの」

「花菱《はなびし》の宗家において、家事は男の仕事だったからね。実際、この部屋の掃除や洗濯なんかはぜんぶぼくがこなしてるでしょ」

「それもそうだね。ハンバーグがいい」

「この期《ご》に及んでリクエストしないでくれる？」

「目玉焼きが載ってると嬉《うれ》しいな。ハンバーグに載ってる目玉焼きって太陽だよね。割ると西日みたいに広がってく感じとか。でも黄身が固まってたら広がらないのか。半熟でよろしく」

「リクエストを重ねるな！」

「香りの強い野菜は食べられないから付け合わせはいらないよ」

「今度ハンバーグをつくるときはピーマンの中に肉ダネを入れて焼いてあげるよ」

「あたしのこと餓死させる気だ」

「どうしてそうなる⁉」

ぼくは嘆息しながら続けた。

「というか、なにかつまめばよかったでしょ。どうしてこんな状況になるまで……」

ふと湧いた疑問に対して、棗《なつめ》さんは食い気味に答えた。

「夜風《よかぜ》といっしょに、ごはん食べたかったから」

「…………」

棗《なつめ》さんと暮らすようになってから、彼女の人間らしさを突きつけられる機会が特に増えた気がする。ずっと神秘性を纏《まと》っていて欲しかったと惜しむべきなのか、概念的な距離が近づいたことを喜ぶべきなのかはよくわからない。

ただ、彼女は片付けができず、食事が下手（偏食かつ不規則）で、寝起きが悪く、唐突にシャワーを浴びたりする。ぼくが眠っている間はずっと絵に没頭していて、ぼくが登校すると床につく。普遍的ではないのだろうけれど、それでもぼくと同年代の女の子であることは間違いなかった。

即席でつくったナポリタンを食した棗《なつめ》さんの第一声はというと。

「うぁぁ……野菜がたくさん入ってるぅ……」

というデリカシーのかけらもない言葉だった。

無言で皿を引ったくると「おいしいです、おいしいのでたべます」と焦《あせ》った様子で謝罪を述べてきたので「次は無いからね」と寛大な心で食事の続行を許可する。こんなやりとりができる彼女が、ぼくのなかでだんだんと『人間』に近づいていくのを感じる。

「夜風《よかぜ》は食べないの？」

「量が少ないから、ぼくはいいよ」

「いっしょに食べよ？」

「話聞いてよ」

そうは言いつつ、日中ずっと皐月《さつき》さんの手伝いをしていたので、軽い空腹を覚えていた。ぼくは取り皿を用意して、トングで皿から取り分けていく。

「同じお皿から食べればいいじゃん」

「衛生的じゃないから……」

「そういうの気にするんだ？」

「棗《なつめ》さんはもっと気にしてほしい。できないのは知ってるけど」

「でもおいしいね。野菜入ってるけど食べやすい。もしかして野菜っておいしいのかな」

「会話する気ないでしょ」

くだらないやりとりを交わしながら、この人、ぼくとはいっしょに食事できるんだな……と呑気《のんき》なことを思った。

同時に、ここまで身を削りながら作品を生み出す人間の行動原理がわからず困惑する。関心のあるものごとへの執念はすさまじく、一方で関心のないものごとにはどこまでも頓着がない。

そんな棗《なつめ》さんが、どうしてぼくを評価してくれるのか、いまだにわからないままだった。

3

日常は変わらず、それでも日々は過ぎていく。現状の打開策を見出《みいだ》せないまま、ぼくはベッドに伏す棗《なつめ》さんを一瞥《いちべつ》する。もはや見慣れた光景。海底に張り付いたヒトデみたいに手足を投げ出して、だらんと脱力している。

「……すごい既視感だなぁ」

また食事を摂《と》り忘《わす》れたのかと訝《いぶか》りながらそっと肩を叩《たた》いてみると、

「うぅ……」

くぐもったうめき声が漏れ出てきた。なんだ、小休止か。

「……どこ行ってたの」

輪郭を成しているのかすら怪しい棗《なつめ》さんの声に、ぼくは端的に返答する。

「買い出しに」

「なに買ってきたの」

「お茶とコーヒー」

「なんでまた？　いま頭うごいてない」

「あとで見ればわかるよ」

通学カバンを置いて部屋を見渡すと、今朝よりも物が散乱していた。スケッチブックの切れ端が増えている。というか先ほどまで小町《こまち》さんがこの部屋に来ていたはずなんだけれど、もしかしてこの状態で招き入れたのか？　招き入れたんだろうな……。

「そんなに根を詰めて描いてたわけ？」

「……小町《こまち》と話すの、疲れた」

「ああ……かなり印象変わったものね」

こちらにまで疲労感が伝わってきそうなくらいにぐったりとしている棗《なつめ》さんを見ていると、

どんなやりとりがあったのかある程度わかる。いや、具体的にはわからないけれども。小町《こまち》さんの発言は想像できても棗《なつめ》さんの反応はわからないし。

「小町《こまち》さん、悩みが無くなったんだって。もともとあいう、ハキハキとものを言うタイプの人だったんだと思う。本人もそれっぽいこと言ってたから」

「……そうなんだ？　あんまり変わった印象はなかったけど」

「印象が変わっていないと、前に棗《なつめ》さんが小町《こまち》さんと話したときも疲れてた……ってことになるんだけど気づいてる？」

「だからそう言ってる。疲れた。話のわかる人だからこそ気を抜けない。論理的なトークをする人には同じ温度感で返さなきゃいけない。だから疲れる……嫌じゃないけど、疲れる」

何度『疲れる』って言うんだよ。

「ぼくと話していて棗《なつめ》さんが疲れないってことは、すなわちぼくが論理的な人間じゃないってことになるな……」

「夜風《よかぜ》は論理や感情の前に、他人の話をあんまり真剣に聞かないじゃん」

「いきなり言葉のハンマーでぶん殴るのやめてくれない？」

どういう評価だよ。

少なくとも小町《こまち》さんの相談は真剣に受けたつもりなんですけど……。

「なに言っても受け流してくれるから心地いいんだよね」

「ぼくのこと冷血人間だと思ってた？」

棗《なつめ》さんはベッドに埋《うず》めていた顔をパッと上げてこちらを見やる。

「冷血じゃないよ。少なくとも、あたしにとっては」

言葉を挟む余地をこちらに与えないまま、彼女は語り続けた。

「夜風《よかぜ》は自分から主張をしない。主張をしないってことは、誰かになにかを求めないってことでしょ。で、あたしは他人の主張を真正面から受け取ってしまう。だから人間関係に疲れてしまう。ジョークとか拡大解釈とか、例え話とか、そういったもののニュアンスがわからない。でも夜風《よかぜ》との対話では、そういった細かい部分を気にせずに済むわけで」

「ぼくだって例え話くらいするだろ」

「程度問題だよ。たまに『わかんねー』って話する人いるじゃん。わかんねーもんをわかんねーもんで例えんなよって思わない？」

「あいにくそういったシチュエーションに出会ったことがないかな……他人と関わらないまま育ってきたから」

「ああ、だからか。おやすみ」

「勝手に納得して意味深な言葉だけ残して布団《ふとん》を被《かぶ》るな！」

ぼくが声を荒らげると、棗《なつめ》さんは半目のままこちらに視線を向ける。

「だから、夜風《よかぜ》はそのままでいてね」

……意味がわからない。

理解が及ばず、おうむ返し気味に質問しようとしたところで。

「じゃないと、あたしは夜風《よかぜ》のことを描けなくなる」

そんなふうに言われてしまい、ぼくはその先を紡《つむ》げなくなった。

描けなくなる？

どういうこと？

きっと棗《なつめ》さんの中でなにか重要なトリガーがあるのだろうけれど、きっと尋ねたところで、ぼくが納得できる回答は得られないだろうから。

「あぁ、それと、見ておいてほしいものがあったんだった」

布団《ふとん》の中からニョキッと指だけ出して、棗《なつめ》さんは自らのデスクを示した。

「舞台の構想の続き、できるところまでつくっといた。そんじゃ今度こそおやすみ」

そこにあったのは画用紙の束だった。束……というか、まるで使用済みのチリ紙のように堆積した紙の山。これをすべて確認しろって言ったのか？

ためしに1枚見てみると、直方体の上に人間を模しているらしい記号が置いてある。これは……ステージ？

別の画用紙を手に取る。同じように、直方体と人間らしき記号。ふたつの絵に差異はない。

ほんとうに、なにこれ。

「……なにを確認すればいいんだ？」

「…………………」

返答はない。

懇切丁寧な説明は求めていない。いつもみたいに彼女なりの不透明な言葉でいいから、なにかしら補足が欲しいだけ。

でも――それはもうかなわない。

「ぼくは……棗《なつめ》さんの思うような人間じゃない。棗《なつめ》さんの期待には応えられないよ……」

頭の片隅で芽生えた暗い感情が、思考を侵食していく。

拒否できなかった。人生において、なにかを拒否したことがなかったから。

家のために生きろ、姉の身代わりになれ。女装をして高校生活を送れ。

不満や理不尽を感じながらも、結局受け入れてきてしまった。

そんな人生の代償が――この事態か。


「なんで？」

バサ、と布が擦れる音。

視線を向けると、先ほど床についたはずの棗《なつめ》さんが上体を起こしてこちらを見ていた。

きょとんとした表情で、彼女はもう一度問いかけてくる。

「なんで?」

さらに続けて、

「なんでそうなるの?」

疑問符の奔流は止《とど》まることはない。

「ねえ、なんで?」

「棗《なつめ》さんの見ている景色を共有できない時点で、思うとおりに動くことなんてできない」

「どこで間違った?」

「間違っているとしたら、はじめからだよ。なにもないぼくに、なにかを求めるところからきっとすべてが間違っていたんだと思う」

「あたしが? なんで?」

棗《なつめ》さんは表情を歪《ゆが》めて、頭を掻《か》きむしる。

「うぅ……うぅぅ……ッ!」

「ちょっと、なんのつもりだよ!」

うずくまり、唸《うな》り声《ごえ》をあげる棗《なつめ》さんの身体《からだ》に手をかけるも、振り払われた。

「うぅぅぅぅぅッ!」

「落ち着いてってば!」

「なんで！　わけわかんない！　あたしは夜風《よかぜ》を絵筆にできると思った！　夜風《よかぜ》なら絵筆にできると思った！　あたしなら夜風《よかぜ》で描けると思ったのに、なんでできないの！」

「落ち着いて！　整理して話してよ！」

「夜風《よかぜ》ならできるじゃん！」

「ぼくになにを求めてるんだよ！」

「………なんで？　夜風《よかぜ》ならできるのに！　夜風《よかぜ》なら絵筆になれるのに、なんで絵筆にならないの？　ならない理由がわからない！　だってできるならやっちゃうじゃん！」

ぼくは彼女の背中をさすりながらクールダウンを促す。やがて「ひゅぅ……ひゅぅ……」と危うい呼吸音を伴いながら、糸が切れるようにベッドへと倒れ込んだ。

「……棗《なつめ》さん？」

反応はない。

「棗《なつめ》さん、落ち着いて話そう？」

「……いまは、むり」

「わかった」

「なにがよくなかったのか、あたしにはわかんない。わかんないことはわかんないって言ってもらわないとわかんない。それを理解できるかどうかもわかんない」

「……ごめんね」

最後にもう一度、謝罪を述べた。
そう口にしてそっと離れる。
背後を振り返り、声をかけるべきかと逡巡《しゅんじゅん》して——結局、無言のまま部屋を後にした。

interlude

I will inspire your insipid days.

いつものように棗《なつめ》さんと夜風《よかぜ》さんの部屋を尋ねると、室内は異様な雰囲気に包まれていた。木製のイーゼルは床に倒れ、キャンバスは投げ出され、画材は飛び散り、なにより棗《なつめ》さんが頭を抱えて床にうずくまっていた。

「なにがあったんや⁉　どうしたん⁉　だいじょうぶか⁉」

慌てて駆け寄るが、棗《なつめ》さんはこちらに目もくれず、呪詛《じゅそ》のようになにかをつぶやいている。

「なんで？　なんでだ？　なんでこうなった？　あたしは……どこでまちがった？　どこで地雷を踏んだ？　夜風《よかぜ》の地雷ってなに？　夜風《よかぜ》はあたしの絵筆になれるのに、なにが嫌なの？　わからない。あたしの偏った頭では正解にたどり着けない。だって理由がないし」

「棗《なつめ》さん？　どうしたんや？　夜風《よかぜ》さんは？」

「夜風《よかぜ》……夜風《よかぜ》……？」

そこでようやく棗《なつめ》さんと視線が合った。

虚《うつ》ろな瞳のまま、ぽつりとつぶやく。

「……なんで？」

「打ち合わせしよって言ってたやん」

「なんで」

「とりあえず落ち着こか。な？　よしよし」

棗《なつめ》さんの背中をさすると、荒かった呼吸がだんだんと安定してくる。パニックを起こした人への対処はよく知らないが、浅い呼吸がパニックを増幅させることは理解している。どういう過程で、棗《なつめ》さんがなにをしてこういう状況になったのかは見えないままだが、目の前の非常事態にひとつずつ対処していくことにした。

やがて、棗《なつめ》さんはふたたび口を開いた。

「……あたしが支払わなければならないツケなのかな。あたしが見てる光景を世界に投影していた代償なのかな。夜風《よかぜ》に──はじめての友達に、学校生活のサポートキャラに、いっしょに作品を紡《つむ》いでいくはずのパートナーに拒否されてしまうなら……『高校生活』なんて、あたしにとっては夢のまた夢ということ？　あたしは……あたしはなにを考えてんだろ……」

たぶん、ウチに向けて放たれた質問ではなかったと思う。

でも、そんなのは誰に対しても同じ。他人の思考を把握することなんてできない。

棗《なつめ》さんがなにを考えているのかを察するなんて不可能だ。

だから、ウチは求められていないはずの『回答』を勝手に提示した。

「さあなぁ。天才の考えることはわからん。人間は不自由やもんなぁ。言葉や文字にせんかったら感情は伝わらへん。棗《なつめ》さんがいくら絵を描いても、受け手によって解釈が分かれるのとおんなじや。感情を共有するためには、相手が理解できる方法で伝えるしかあらへん」

すると意外なことに、返答があった。

「だからあたしは生きるのが下手だ。自己表現の手段を絵しか持たないから。あたしの言葉は湾曲するからうまく他人に伝えられない」

こちらも応戦する。

「天才にも天才なりの悩みがあるってわけやなぁ。みんなが当たり前にできることに憧れることもあるってことやね。ウチみたいな凡人にはありがたい話や」

「人が悩んでるのを見るのが好きなの？　趣味悪いね」

「好きなわけやないで。天才もウチと同じように悩んで、苦しみながら自分と向き合ってるんやと考えたら勇気が湧いてくる。同じ人間なんやなって」

「なに言ってるの？　人間じゃないと思ってた？」

「思ってた。天才って言われる種族は、ウチとはぜんぜん違《ちゃ》う感覚器官を持ってて、同じ光景を目にしても違うふうに捉えてて、別次元の課題意識を持ってて、未知の解決策を見つけるもんやって、つい最近まで思ってた」

「ヘンなの」

「ヘンやろ？」

「小町《こまち》は凡人じゃないでしょ。あたしと会話できてるし、あたしと接しても嫌がらない。それに、あたしがつくった設計図を見て、必要な舞台装置を書面化して、次の日には必要な申請終わらせてたじゃん。スタッフの発注も済ませたんでしょ？」

「ううん、凡人やで。凡人やから、天才が描いたイメージをどうやって具現化するのか考えるのが楽しいねん。棗《なつめ》さんの思い描いてる舞台演出の魅力をギャラリーに伝えるためには、どんな音響が必要で、どんな照明が必要なのかを因数分解する。計算式を考えるだけでワクワクしてくる。その根源は、棗《なつめ》さんがウチの想像もつかんようなものを描いてくれるからや」

「……でも、夜風《よかぜ》がいなくちゃ完成しないよ。夜風《よかぜ》、部屋から出ていっちゃった……あたしは繰り返してる……また同じことの繰り返しで——」

「安心しぃ。夜風《よかぜ》さんは逃げへんし、壊れへんよ」

「なんで？　根拠がないじゃん」

「あるで。根拠っちゅうか、感情論になってまうけどな」

「……わからないと思うけど、聞かせて」

「夜風《よかぜ》さんは生まれてはじめて自分と向き合ってるんや。だから整理の時間が必要やねん」

「…………やっぱり、よくわからない」

「わからんままでええよ。本人が嚙《か》み砕《くだ》いて、吞《の》み込《こ》んだときに伝えてもらえば」

「……もし、そうだとしたら……あたしは夜風《よかぜ》に、なにを伝えればいい？」

「思考はわからんけど、言語化の手伝いならできるやろ。ウチでええなら話聞くで？」

で、ひとしきり話を聞いてみた。

結論。

面倒なことになっとるやんけ！　どないしよ！

棗《なつめ》さんはいつもどおり、夜風《よかぜ》さんを演者として利用する穂含祭《ほふみさい》の演舞の構想を練っていた。そこに戻ってきた夜風《よかぜ》さんとの認識の違いを口にして、結果的に夜風《よかぜ》さんは部屋を出て行った。

なるほど。つまり夜風《よかぜ》さんは棗《なつめ》さんが手がける作品に自分の実力が見合うわけないと思っとるわけやな。で、夜風《よかぜ》さんが出て行った理由を棗《なつめ》さんは本気でわかってなくて、おまけに元ルームメイトと同じ言葉を残して去ったもんやから取り乱しとると。

問題解決の糸口は対話で見つけようと思った。

「つまり、『絵筆』っていうのはあくまで婉曲《えんきょく》表現で、夜風《よかぜ》さんにも芸術を生み出す才能があるってことを言いたいんか？」

「ちがう」

「あー……ちゃうかぁ。ほななんやろなぁ……」

難しい。

これが赤の他人であれば『やっぱ天才の考えることはわけわからんな！　がはは！』でスルーできるのだけれど、いまの自分には許されない。

ふたたび問いかけてみる。

「最終的に、棗《なつめ》さんは夜風《よかぜ》さんをモデルに絵を描きたいんか？」

「ちがう」

「ちゃうんかぁ……ちなみに、あくまで夜風《よかぜ》さんが、絵筆になるってことなんやな？」

「そう」

「そこは合ってるんやな」

棗《なつめ》さんだって同じ人間だ。結論に至るまでの思考過程が他人と異なるだけで、根幹には感情とか思想とか、いろいろなものが絡《から》まり合《あ》っているはず。それらを解きほぐすようなイメージで会話を重ねていく……そして。

「もったいない。夜風《よかぜ》はなんでも覚える。イメージを所作に投影できるって言ってた。夜風《よかぜ》は自分でなにかをつくったことがない。朱門塚《しゅもんづか》はなにかをつくり出す生徒が評価される。あたしはものをよく忘れる。だからキャンバスは都合がいい。どこまで描いたかが一目でわかる。夜《よ》風《かぜ》は忘れないから記憶をもとにイメージを引き出せる。だから夜風《よかぜ》の頭の中に絵を描いてしまえばそれを綿密に投影できる。ライブドローイングでもいいし、ドラマや映画でもいい。なんでも使える。あたしの現実的なリソースを考えれば、夜風《よかぜ》を主役にした演劇または演舞が手っ取り早いと思った」

ひと息で回答が出てきた。

うんうん、と相槌《あいづち》を打ちながら、彼女の主張を要約する。

「ウチのほうで整理すると——つまり、棗《なつめ》さんは夜風《よかぜ》さんに共有した動作を、舞台の上で再現してもらうことで演舞を完成させようとしている。演舞を選んだ理由は、棗《なつめ》さんがひとりでつくれる現状最大の表現方法やから……ってことで合ってる？」

「合ってるッ！」

棗《なつめ》さんが飛び跳ねるような勢いで答える。

なるほど、これが正解か。

「なるほどなぁ。つまり、棗《なつめ》さんの言ってた『絵筆』ってのは、棗《なつめ》さんの構想をトレースした上で、それを寸分違わずに舞台上で表現できる夜風《よかぜ》さんそのものなんやな」

「そう！」

勢いのある同意を受けて、ため息をついた。

「…………はぁ。伝えかたってのはほんまに大事やなぁ。棗《なつめ》さんは伝わらなくてモヤモヤしてるし、夜風《よかぜ》さんは夜風《よかぜ》さんで、勝手に背負ってメンタル自滅してるんやもんな」

「夜風《よかぜ》はほんとうにもったいない。カメラアイなんて誰もが持ってる才能じゃないのに、それを活《い》かすために絵筆になるのが絶対にいいのに、無理だって言われた。無理ってなにが？」

「あー……なんていうか。言葉を選ばずに言うけど」

ウチは額に手を当てながらぼそっとつぶやいた。

「棗《なつめ》さんも、夜風《よかぜ》さんも、変わってるもんな」

「知ってる。でも夜風《よかぜ》はたぶん自分が変わってることを知らない」

「せやろなぁ」

ウチは首をかしげて中空を見上げ、しばらく経《た》ったのちにふたたび口を開いた。

「夜風《よかぜ》さんにとっては、一度見たものをずっと覚えてるなんて当たり前のことなんや。せやから、それが特別なもんやと思ってないねん。たぶん『特別なことだ』と言われて、はいそうですかって口では納得するんやけど、客観性が担保されてないから信用できてないんや」

だから出て行った。そう考えられる。

ここまでわかればなんとかなりそうだ。

夜風《よかぜ》さんはふつうに登校している。つまり学生寮のどこかにいる。考えられるとすれば、前に住んでいた部屋。なんのことはない雑談のさなかに部屋番号を聞いておいてよかった。

ウチは棗《なつめ》さんをベッドに誘導した後、部屋を飛び出した。

扉の向こうから顔を出した夜風《よかぜ》さんは、心なしかやつれているように見えた。

ほんまに面倒くさいなぁ、この人ら……。

という本心を隠しながら、棗《なつめ》さんを相手にしたときのように対話を試みた。

「――なるほどなぁ。で、結局うまく話し合いできひんままこの部屋に逃げてきてしもたんや？」

「……そのとおり」

「そういうことやろ？　棗《なつめ》さんから逃げとるんと同義やんけ」

「それは……そうかもしれないけれど」

「まあええわ、夜風《よかぜ》さんには恩があるからなぁ。なんでも話聞くで」

ここまで言ったとき、夜風《よかぜ》さんの表情が少し明るくなったような気がする。ウチはカウンセラーに向いとるんちゃうかと思った。

やがて、ぽつりと夜風《よかぜ》さんが語り始める。

「知ってのとおり、わたくしは一度見たものを忘れません。子どものころからそうでしたし、この現象を当然のものだと思っていました」

「正直もったいないよなぁ。ウチは小学生のころから勉強漬けやったし、ほかの人よりも学習の辛《つら》さをちょっとだけ知っとるつもりや。そこいくと、夜風《よかぜ》さんみたいな抜群の記憶力を持ってるってのは、受験においてはすごい有利なことやし、子どもの進学に前向きな家庭やったらもっとええ学校行ってたやろね」

「……果たしてそうでしょうか。数学や化学、語学みたいに、なにかをなにかに変換する必要のある学問はぜんぜん理解ができなくて……でも、もしもわたくしが花菱《はなびし》家に生まれていなければ、また違った人生があったのかもしれませんね」

「そらそうやろなあ。で、悩みの本質はそこやろ？　変換能力が乏しいから、棗《なつめ》さんが描き出すイメージを自らのアクションに投影できひん。課題意識を感じとるわけやな？」

夜風《よかぜ》さんがゴクリと息を呑《の》むのがわかった。『どうして知っている？』という視線。

わかるっちゅうねん。

「なんや、驚いた顔して」

「……小町《こまち》さんはエスパーかなにか？」

「人と触れ合うなかで、他人への理解を深めて『この人ならこう言うやろな』とか『この人はこう考えるやろな』って推測していく力が超能力なんやったら、エスパーかもしれへんな」

苦悩をそのままぶつけ合う。

「──わたくしには、なにかを覚える才能はあっても、なにかをつくり出す才能はない。そんな当たり前のことを……ようやく実感したんです」

「…………う～ん？」

なにかが嚙《か》み合《あ》わない。

重大ななにかが欠けている気がする。

考え込んでいると、夜風《よかぜ》さんが不安そうに声をかけてきた。

「……わたくし、なにか変なこと言いましたか?」

「うん、言った。変なのはお互い様やけどな」

そしておとがいに手を当てて、「うーん」と唸《うな》りながら考える。

ややあって、生まれた疑念を言語化した。

「ずっと聞きたかったことがあるんやけど」

彼女の内面に踏み込みすぎかもしれないが、立場上聞いておくべきだと思った。

「自分の境遇に納得してるんか?」

夜風《よかぜ》さんはポカンとした表情で硬直する。

「…………どういう意味でしょう?」

「正直、ウチには実感が湧かへんねん。花菱《はなびし》家の細かい事情は知らんけど、本来は夜風《よかぜ》さんのお姉さんが入学する予定やったところを妹の夜風《よかぜ》さんが入学することになって、ちゃんと卒業しろって言われとるんやろ? 入学時に夜風《よかぜ》さんの素性を知っていたのは皐月《さつき》先生だけっていう状況で。そんなん、とんでもない無茶振りやん?」

考えてもらうために、矢継ぎ早に続ける。

「これは夜風《よかぜ》さんがどう思っているかの確認やから、変に悩まんでええんやで。ただ、たとえばの話やけど、夜風《よかぜ》さんは朱門塚《しゅもんづか》に入学せんかったら、それこそ実家のお屋敷から出ることなく、外の世界を知らんまま一生を終えてた可能性が高いわけやろ? なにかに挑戦する機会すらないまま、実家の都合に縛られて、毎日同じこと繰り返して暮らすわけやん？」

「……そうかもしれません」

「一方で、なんやかんや朱門塚《しゅもんづか》に来たことで、いま夜風《よかぜ》さんは自分の力を試されてるわけやんか。それって夜風《よかぜ》さん的にはどうなん？」

「どうなん？　と言われましても……」

「自分で、なにかをつくることに対して……恐怖以外の感情はないんか？」

やがて漏れ出たのは、おそらく夜風《よかぜ》さんの本心。

「……はじめはどうでもいいと思っていました。ただ漫然と学校生活を送れるなら。わたくしの学生生活に必要なものは『卒業』だけ。そこに熱意や野心は不要だと。ただ、棗《なつめ》さんに共作を……いっしょに穂含祭《ほふみさい》に出展しようと言われて……」

「言われて？」

「……うれしいと、思いました」

「それならだいじょうぶそうやね」

用意していた回答だった。

「本当にやりたいことに突き進んでみたらええんとちゃう？　もちろんウチも協力するから」

第四幕・後 「かんじて」

I will inspire your insipid days.

1

小町《こまち》さんを見送ってから、ぼくは部屋で自問自答していた。

ぼくは自分の境遇に納得しているのだろうか？

いままでは当たり前だったから、疑問にも感じなかった。でも、結果として壁に跳ね返されている。この状況を打破するために必要な思考のトリガーはどこだろう。

棗《なつめ》さんのもとを離れたぼくに取れる手段はひとつしかなかった。すなわち、皐月《さつき》さんに相談して生活拠点を用意してもらうこと。はじめは渋い顔をされたけれど、橘棗《たちばななつめ》というイレギュラーな生徒に対してはさまざまな例外が認められているらしく、無事に以前使用していた部屋をあてがってもらったのだけれど、代わりにひとつだけ制約を受けることとなった。

定時報告である。

そして今日も、ぼくは皐月《さつき》さんのもとを訪ねていた。

「で、もう1週間経《た》つわけだけど。そろそろ考えはまとまったか？」

「……まだ、ちょっとだけ時間が欲しい」

「あのなぁ」

出勤の準備を済ませた皐月《さつき》さんが、腰に手を当ててため息をつく。

「いくら橘棗《たちばななつめ》絡《が》みの措置とはいえ、けっこう無理してんだからな？　このままだと私がどうなると思う？」

「どうなるの？」

「私が校長にめちゃくちゃ詰められるんだ」

「知ってる」

何度も聞いた。だからそろそろ――この苦悩に決着をつけなければならない。

「ねえ、皐月《さつき》さん」

「どうした？」

「ぼくと皐月《さつき》さんがはじめて会ったときのこと、覚えてる？」

「覚えてねえけど？」

「ぼくは覚えてるよ。はじめて親族会議に同行してきた日。皐月《さつき》さんは演舞場で泣いている風《か》音《のん》を慰めていて、ぼくはそれを庭の掃き掃除をしながら見ていた」

「花菱《はなびし》宗家のシゴキはマジで厳しかったからなぁ。つくづく生まれたのが分家でよかったと思うぜ。毎日泣きながら稽古させられてたのに、風音《かのん》が明るい子に育ったのが信じられねえよ。それでも家出するくらいなんだから、相当ヤバかったんだろ」

「風音《かのん》は厳しい鍛錬の日々のなかで、細々と貯《た》めた資金を抱えて屋敷を抜け出した。風音《かのん》には風音《かのん》の苦悩があった。だからぼくは、風音《かのん》を恨んでない」

「え、そうなの？　マジで？」

皐月《さつき》さんの表情は、心底意外そうだった。

「結果として、ぼくは風音《かのん》の身代わりとして朱門塚女学院《しゅもんづかじょがくいん》に入学することになったわけだけど……風音《かのん》が花菱《はなびし》家を出奔したことと、ぼくがこの場所にいる直接的な因果関係はない」

「そうだなぁ。なんもかんも花菱《はなびし》の……っつうか、宗家の因習に端を発するよなぁ」

「この1週間、ずっと考えてた。ぼくは棗《なつめ》さんの期待にどうすれば応えられるのかって」

「つくづくすげえ高い壁だよなぁ。まあ、高い壁を乗り越えた先にこそ進化は待ってるって誰かが言ってた気がするけどさ」

「具体的に誰の言葉？」

「知らんけど誰か言ってそうじゃね？」

ほんとうにこの人は教師なのだろうか。

半ばあきらめながら、ぼくは持論を紡《つむ》ぐ。

「でも、朱門塚《しゆもんづか》に入学していなければ。風音《かのん》が家を飛び出していなければ。ぼくが花菱《はなびし》家に生まれていなければ……棗《なつめ》さんと出会うことすらできなかった。これってたぶん――すごく、幸運なことだと思う。ううん、幸運だと思うことにしようって考えた」

「さっき、時間が欲しいとか言ってなかったっけ？」

「いま考えた」

「嘘《うそ》つけ。薄々勘づいてたんだろ？　自分の気持ちに。行動を起こすのが怖かっただけで」

「そうかな……そうなのかも」

「でもまあ、見つけたんだろ、なにかを」

「うん。具体性はないけれど、前を向くための時間はたっぷりもらった」

そっと目を閉じる。

ぼくが、花菱夜風《はなびしよかぜ》に向き合う時間は……もう終わりだ。

清算しなければならない。

止めていた棗《なつめ》さんとの時間を、動かさなければならない。

「ありがとう、皐月《さつき》さん」

閉じていた瞼《まぶた》を開いて、ぼくは感謝を述べる。

「話を聞いてもらうたびに、ちょっとずつ気持ちが楽になっていく気がする」

「誰かに悩みを打ち明けるのって大事だぜ。ひとりで抱え込んでちゃ潰れるからな。人間の感情ってのは重いもんなんだよ」

「……うん。そうだね。はじめてわかった」

「だから友達ってのは必要なの。話を聞いてくれる存在ってのは貴重だぜ。で、他にもいるだろ、話せるやつ。どんどん巻き込んでけ、周りをさ」

皐月《さつき》さんはさらに続けた。

「なあ夜風《よかぜ》。そろそろ決断のタイミングだぜ」

最後に、皐月《さつき》さんはぼくを鋭い言葉で追い出した。

「このまま終わるか、人生変えるか。ここでお前が選べ」

人生を変える。

どこまでも抽象的で、非現実的な事象。

小町《こまち》さんや皐月《さつき》さんとの対話を受けて、ぼくは寮の庭園でひとり思索に耽《ふけ》る。

棗《なつめ》さんと同じ部屋で暮らしはじめてから、いつも彼女のことを見ていた。正確には、見ようとしなくても勝手に目に入っていた。

そして、きっと……棗《なつめ》さんの言動に、嘘《うそ》や偽りはひとつもない。

どこまでも自然体で、自らのできることを理解していて、その上でしたいことをする。

その自由さが、なによりも羨ましくて、眩《まぶ》しかった。

棗《なつめ》さんはぼくと同い年でありながら、すでにその才能を世間に知らしめている。彼女とひとつ屋根の下で暮らしはじめた直後は、それらをただの事実としてしか認識していなかった。していなかったんじゃない。

認識できていなかった。

自分とあまりにもかけ離れた存在が、急に、あまりにも近くにあらわれたものだから、そのすごさを知覚できていなかったのだ。

ぼくは、自分で自分のやりたいことを見つけられない。人生を送るなかで『決断』を要したことがなかったからだ。

一方で棗《なつめ》さんはどうだろう。

率直に言えば、彼女はわがままな人間だと思う。わがままというか、基本的に自分の話しかしないので会話が成り立たない。

けれど、そうした彼女のわがままさの根源には『自由』がある。

その自由さを表現力やセンスに昇華して、ありのままをぶつけて、圧倒的な実力でもって世間に認めさせている。彼女の描き出す『自由』には魅力がともなっていて、そこに価値が生まれているのだ。きっと、才能だけでその次元に到達することはできない。相応の努力と研鑽《けんさん》を積んで、ようやく至れる高みのステージ。

そこを目指すのが当然だという棗《なつめ》さんと、目指すという選択肢すら考えなかったぼく。スタンスの違いは伝えていたはずだ。いくら棗《なつめ》さんがわがままな人間だったとしても、

「そっか……」

答えはずっと、むき出しの『自由』の中にあった。

花菱《はなびし》家の集会で、風音《かのん》の代わりに演舞を披露して、失敗して。

それが心の中に残り続けていて、どうしても怖くなる。

けれど――怖いからと殻に閉じこもったままでは、ぼくは前に進めない。

停滞しているばかりでは、人生は変わらない。

花菱風音《はなびしかのん》の代替品としてではなく、花菱夜風《はなびしよかぜ》の人生を歩み出すなら、きっとこの状況がチャンスになる。

なぜなら、どこまでも自由なルームメイトがぼくを巻き込もうとしているのだから。

2

いつも当たり前のように開けていた自室の扉が、まったく別物のように重い。

この場合は……やっぱりぼくから謝罪するべきなんだろうな。いかんせん、ぼくが棗《なつめ》さんを

混乱させてしまったわけだし。

彼女があれほど取り乱すところを見たのは初めてだった。記憶しているシーンをたどってみても、あんな情景には至らなかったから。

意を決して、ガチャリと扉を開く。

「……ただいま」

返答はなかった。

部屋の明かりは点《つ》いているけれど、人の気配はない。

ただし、床に投げ捨てられた衣服の配置が換わっている。

画材の数が合わない……ということは。

「…………屋上か」

棗《なつめ》さんといっしょに暮らして得た、さまざまな気づき。

それらが渾然一体《こんぜんいったい》となって、自《おの》ずと正答へ行き着く。

彼女は時間の意識が薄い。

いつ眠るのか、いつ起きるのかが一定ではない。

一方で、ルーティーンを好む。

起床時間はバラバラでも、その後の行動は一定している。

目が覚めたらかならずぼくにコーヒーを求めるし、水分補給が終わったらすぐに化粧台へ一直線。メイクが終わるとデスクへ向かってタブレットとにらめっこする。そこからは絵に没頭し、集中が切れると同時にだらんと脱力して天井を見上げ、かと思えばなんの前触れもなく衣服を脱ぎ捨ててシャワーを浴びたり、ベッドにダイブして深い眠りについたりする。

そういった、ルーティーンと衝動性の間にある行動のひとつが『屋上に行く』ということなのだとぼくは気づいた。ほかの寮生が姿を現さない時間帯に。

ぼくは部屋を飛び出して学生寮の階段を上る。

彼女と邂逅《かいこう》したあの日とは異なる速度と確信をともなって。

これから夏が到来するはずなのだけれど、まだまだ夜は冷え込む。地元が湿度の高い地域だったので、ときおり風に乗って流れてくる乾いた冷気が新鮮だった。

やがてたどり着いた場所に、果たして彼女は立っていた。

「……………やっぱりここにいたんだ」

地面を見下ろすように、どこか一点を見つめている。こちらの声は聞こえていない。

一歩ずつ近づいていく。それでもまだ棗《なつめ》さんはこちらに気づかない。

なにが見えているんだろうか。

気にしたことなんてなかったし、気にする必要もないと思っていた。

でも、それでは進歩はない。

ぼくが置かれた状況を打破するためには、『諦め』や『停滞』を棄《す》てなければならない。

だから、ぼくは声をかけた。

「ぼくが悪かった」

すると、棗《なつめ》さんは電気に触れたようにビクリと身体《からだ》を震わせて、

「うぇえあっ」

まるで幽霊にでも出会ったかのように仰《の》け反《ぞ》る。

彼女が想定外の事態に弱いことは、ちゃんと理解できている。

反応を待たないまま、続けざまに謝罪の意を述べた。

「棗《なつめ》さんにきちんと向き合わないまま、勝手に抱え込んで結論を急いだ。きっと棗《なつめ》さんなりの規範や意図があったはずなのに、ぼくは対話を拒否してしまった。だから、ごめん」

「いきなりなんなの、ビビった。ほんとうにビビった」

発せられる声に嘘《うそ》はない。当然だ、彼女は嘘《うそ》をつけないんだから。

「話をしよう。ぼくだけじゃなく、棗《なつめ》さんのことも聞かせてほしい」

「説明してくれないとわからない」

「棗《なつめ》さんがどういうきっかけで絵を描き始めたのか。どんな理由でインターネットで作品を発表しはじめたのか。なんでぼくを選んでくれたのか。なにも知らないままだったから、はっきりさせておきたい……ぼくが棗《なつめ》さんの絵筆になるために必要な儀式だと思う」

「儀式？」

「ちょっと大げさに言いすぎたかもしれないけど」

「比喩はわからないっていつも言ってるじゃん」

悪態をつきながらも、棗《なつめ》さんは頬を緩める。

これこそが対話であり、相互理解だと信じている。

「でも、夜風《よかぜ》は他人の話を聞かないし」

「棗《なつめ》さんがそれ言う？」

「でも、今回は聞く必要があるから聞きますよって？」

勝手に話が進んでいる。棗《なつめ》さんとの会話は相変わらず、掛け違ったボタンのように交わることがない。けれど、そこに嘘《うそ》はない。剥《む》き出《だ》しの本心がそこにあった。

「じゃあさっそく始めるけど。小町《こまち》いわくあたしは説明がド下手だそうだから、とりあえず時系列に沿って一気に話そうかな」

棗《なつめ》さんは訥々《とつとつ》と語り始める。

「──もともと、絵を描きたくて描いてたんじゃない。描くしかなかっただけだった。まあ、きっと、いまもそうなんだろうけど」

空を見上げながら彼女は口を動かす。感情をこちらにうかがわせない、いつもどおりの早口と無機質な声調で。

「はじめは些細《ささい》な違和感だった。周囲に馴染《なじ》めない、周りの子どもたちが笑っているタイミングで笑えない、遊びのルールを理解できない、相手がなにを考えているのかわからない。そういった違和感がすこしずつ堆積していった結果、外に出るよりも家の中にいることのほうが多くなった」

小学生のころの話だけど、と棗《なつめ》さんは補足した。

「高学年に上がっても違和感は消えないままだったけど、とうとう先生から何度も呼び出しを受けるようになった。遅刻をするな、授業中に歩き回るな、人の話を聞け、友達と仲良くしなさいって。で、毎回聞き返すわけ。『あたしの友達って誰のことですか？』って。先生はそのたびに『クラスメイトのみんな』って言うわけ。変な話でしょ、クラスメイト全員と友達になれるわけないいじゃん？」

小学校高学年のころには、ぼくの知る橘棗《たちばななつめ》の人間像が出来上がりつつあったらしい。

「とうとう親まで呼び出されるようになってね。といっても、うちは父親しかいないし、面倒だったんだろうね、お父さんも。仕事を抜けて面談に行くのがストレスだったっぽくて、『棗《なつめ》、お前学校行きたくないのか？』って直接聞いてきた。あたしにはそれが――とても心地よかった。で、気がついたら学校に行かなくなってた。5年生、6年生のころはマジで一度も行ってない。卒業式にも出なかったし。いまでも勉強はできない。興味ないことにリソース割けないっていう自分の性質はなによりわかってたし、父親もすごい放任主義だから、学校に行かずにずっと家で絵を描いてるあたしに対して、特になにも言ってこなかった。なんならいまもなんも言ってこない」

「ごめん、いったんストップ」

「なに」

不服そうな棗《なつめ》さんに、ぼくは質問を投げかける。

「肝心な『どうして絵を描き始めたのか』が抜けていて話が入ってこなくなった。ほかにもいろいろあったでしょ。本を読むとか、あとは……なにがあるんだ？」

「無理しないでいいよ夜風《よかぜ》、どうせ子どもにとっての娯楽なんてわかんないでしょ？」

「それはそうだけど」

「うちの場合は、たまたま父親が美術商だったから。家の中にたくさん絵が飾られてて、画材も揃《そろ》ってたから適当に触り始めた」

「びじゅつしょう？」

聞きなれない単語だったので、思わずおうむ返しにしてしまう。

棗《なつめ》さんは表情ひとつ変えずに、自らの言葉で説明をしてくれた。

「絵を売ったり買ったり、あとはギャラリーの運営やったり。小町《こまち》と行ったことあるんでしょ、ギャラリー。あれ、うちの父親のこと話したよね？　うん話した」

「絶対に言ってなかった！　ぜんぶ初耳！」

「言ってなかったっけ？　じゃあ言ってなかったんだなぁ。夜風《よかぜ》がそう言うなら」

で、話の続きだけど――と棗《なつめ》さんはふたたび話し始める。

ぼくは喉から出かかった言葉を呑《の》み込《こ》んで耳を傾けた。

「中学に上がってもお父さんは不干渉だったけど、あたしが描いた絵をたまたま見たらしくて、あるとき尋ねてきた。『これお前が描いたのか？　なに見て描いた？』って。で、あたしはなんのことかわからなかったから『見たまま描いた』って答えた。すると、父親はしばらく黙り込んでから『タブレットを買ってやる。なんでもいい、使いたい機材を教えろ』って言ってきたわけ。で、気がついたら電子機器に埋もれて、学校にも行かずに絵を描き続ける女子中学生が完成したっていう話だよ」

「変わった親子関係……なんだろうね」

どこに普遍性があるのか、ぼくは知らないけれど。

「だろうね。それはマジでそう思う。お父さんとは事務的な連絡しかしないし。ああ、そういえばあれだ。ネットにイラスト投稿してみろってアドバイスくれたのもお父さんだった。なんだろう、ビジネスパートナーというよりは、親子関係の成立要件として利害関係の一致がある、って感じかな。あたしが受注したイラストの案件に関する金銭のやりとりも父親に丸投げしてるし。まあ扶養者だから当然なんだけど。代わりにあたしの口座のお金はいつでも使えるようになってる。学費もそこから出してる」

抑揚のない声で、棗《なつめ》さんは身の上話をさらに続ける。

最後まで聞く覚悟はできていた。彼女が説明下手なことは知っているから。

「たぶん、ふつうの人からすれば歪《いびつ》な親子関係なのかもしれないけど……親とそうやってやりとりできる状態が、ぼくには想像がつかないから」

「正直、あの父親じゃなかったらあたしはとっくに病んでると思う。まあ、いまも病んでるのかもしれないけど。たまにオンラインでクリニック通ってるし、睡眠薬ないと眠れないし、納期が迫っている状態で描くときは集中するために薬を飲まないといけないし、副作用のせいですぐに食べ物吐いちゃうし。でも、あたしに『ふつうであること』を強要してくる親じゃなくてよかったなって思う――そのぶんいろいろと考えるわけだけど」

思わせぶりな言葉に、ぼくは「なにを？」と問いかける。

質問を誘導されているようにも思えた。

「あたしは絵を描くことしかできない。ほかの子たちはみんな、当たり前に学校に行って、当たり前に友達をつくって、当たり前に恋をして、当たり前に成長して、当たり前に生きている。あたしはそれをぜんぶすっぽかして、家にこもってずっと絵を描いてた。環境が許してくれたけれど社会が許してくれるとは限らない。あたしは軽々しく死にたいとは言わないし、実際そんなの思わないけれど、逆説的に言えば、あたしは社会で生きていくための方法を『絵を描くこと』しか持っていない。でも、生きようとしているあたしにとって、それはただのリスクでしかない。生きる方法がひとつしかないのは不安だよ。でも、どうすることもできない」

「……でも、棗《なつめ》さんはもうすでに世間から受け入れられているでしょ。『夏目《なつめ》』として」

棗《なつめ》さんはこちらを一瞥《いちべつ》し、首を横に振る。

「あたしが何らかの理由で描けなくなるとき、きっと『夏目《なつめ》』は忘れ去られる。歴史に刻まれることなく、記憶の彼方《かなた》へ飛んでいく。時代は移り変わっていくし、そのときにあたしの見ている世界を万人が受け入れてくれるとは限らないし、思わない。だってあたしはバグってるから。バグを許容する社会がいつまでも保たれるとは到底考えられない。だから——あたしはここに来た。朱門塚女学院《しゅもんづかじょがくいん》に。高校生をするために」

そして身体《からだ》ごとこちらへ向き直り、彼女は続けた。

「友達といっしょに、なにかをつくるって——ふつうの高校生っぽいじゃん」

きっと、棗《なつめ》さんの本心なのだろう。彼女は本心しか口にしないから。

これまで切り取ってきた情景が、頭の中で急速に結合していく。

棗《なつめ》さんを、すこしだけ……ほんのすこしだけ、理解できたような気がする。

生きるのが下手な彼女は——きっと、たったひとつの目的だけ考えていた。

学校という制度に背を向けながらも高校生になったこと。人の多い場所や外界に出ることを恐れながらも、ぼくや小町《こまち》さんとは親しく話そうとすること。

そして強引ながらも、ぼくや小町《こまち》さんといっしょに穂含祭《ほふみさい》に出展しようとしていること。

すべてがつながっていたのだ。彼女のなかで。

きっと、他人にわからない尺度にもとづいて。

「……なんだ、ぜんぶ理由があったんだ」

そうとわかれば、棗《なつめ》さんの意図を受け入れる心算《しんさん》はできる。

なぜなら——ぼくも彼女と同じくらい、生きるのが下手だからだ。

「部屋に戻って話さない？」

こちらの提案に、棗《なつめ》さんはこくりと首肯した。

描きかけのキャンバスを抱え、歩み寄ってくる。

目の前にやってきた彼女と視線が交錯して、直感する。

棗《なつめ》さんがぼくを選んでくれた理由がわかったら——ぼくは絵筆になれるかもしれない。

3

1週間ぶりに戻ったふたりの部屋は、とても狭く感じた。実際、狭いんだけど。

棗《なつめ》さんは相変わらずミネラルウォーターのペットボトルを投げ出していたし、画材は出しっぱなしだったし、なによりも、床にたくさんばらまかれた描きかけのスケッチブックが目に入る。出会った日とまったく同じだった。

『夜《よ》風《かぜ》なら、あたしの絵筆になれる』

とても重い言葉だと思う。彼女のバックボーンを知ったからこそ、なおさら。

「どうしてぼくだったの？」

単刀直入に切り出す。これは確認作業だ。

「ぼく以外にも、棗《なつめ》さんの絵筆に足る人間はいるでしょ？　学生寮の屋上で出会って、いろんな偶然が重なって同じ部屋で暮らすことになっただけ。ほかにも選択肢はあったはず……」

偶然、ぼくは花菱《はなびし》の宗家に生を受けた。

偶然、朱門塚女学院《しゆもんづかじよがくいん》に花菱皐月《はなびしさつき》がいた。

偶然、ぼくは朱門塚女学院《しゆもんづかじよがくいん》に入学した。

偶然、同じ教室に不登校の生徒がいた。

偶然、皐《さ》月《つき》さんはぼくに任務を命じた。

結果として、ぼくは棗《なつめ》さんと出会った。

人の一生を細い糸で例えるならば、花菱夜《はなびしよ》風《かぜ》と橘棗《たちばななつめ》の邂逅《かいこう》は、偶然折り重なった糸と糸の接合点に過ぎない。

接合点が連続して、1枚の布を成すかどうかなんてわからない。織り込む際に片方が――この場合はぼくが、耐えられるだけの強度を有しているかどうかなんてわからない。

「なに言ってんの？　ないよ、ほかの選択肢なんて」

しかし棗《なつめ》さんは即答した。

きちんと話を聞いていなかったのか？

いつもの調子で受け答えしてるのか？

「たとえば小町《こまち》さんとか――」

「そうじゃなくて」

ぴしゃりと言葉を遮られる。

「夜風《よかぜ》には才能があるじゃん。だから夜風《よかぜ》が選ばれない理由がないじゃん」

放たれた言葉に、ぼくは一瞬、言葉を失った。

才能？

「ごめん、話が見えない。聞こうという意思はあるんだけど頭に入ってこない」

「あたしはなにかを考えて描こうとしたことはない。ありのまま、目にしたものをそのまま写し取っているだけ。けれど、人間の記憶はとても脆《もろ》くて、必ずどこかで綻びが生まれる。でも夜風《よかぜ》は違うでしょ？」

こちらのペースは考慮せず彼女は話し続ける。その合間に言葉を差し込んでいく。

「棗《なつめ》さんはどこまでも自由で……それは、ぼくが持っていないもので……」

「でも夜風《よかぜ》はあたしが持っていないものを持ってる」

こちらの感情的な反駁《はんばく》にも動じず、彼女は淡々と言葉を紡《つむ》ぐ。

「協調性、従順性。あたしはすぐに自分の言葉を忘れる。興味がないから。自分の残す言葉に価値がないと知っている。ふつうの会話ができないことを自分が一番知っている。でも夜風《よかぜ》は表面を繕って学園生活を送っていて、それは偽る能力が備わっていないとできない。それに、はじめて会ったとき、あたしにわざわざ穂含祭《ほふみさい》の申請書を持ってきたことから与えられた指示を的確にこなす人間なんだと理解した」

おまけに、と棗《なつめ》さんは続けた。

「夜風《よかぜ》は見たものを完璧に覚えられる。だから、あたしの見たものを伝えれば、リアルタイムであたしの世界を再現できる。つまり、あたしの思考を過不足なく再現できる人間は、あたしの周りには夜風《よかぜ》しかいない。だから夜風《よかぜ》を選んだ」

彼女の口が紡《つむ》ぎ出《だ》したのは、甘ったるい理想論だ。ロマンに溢《あふ》れた妄言でしかない。

否《いな》。『夏目《なつめ》』にとっては実現可能な領域なのかもしれない。夢ではなく、あくまで中間目標のひとつにすぎないのかもしれない。

けれど、ぼくにとっては？

「率直に言うけど……怖いよ。ぼくは舞台に立ったことがないから。ぜんぶ模倣で、見よう見まねで。そんな人間が、いきなり棗《なつめ》さんといっしょに作品をつくれるわけがないって思う」

ぼくの抱える不安や恐怖は、すべてひとつの要因から生まれている。

花菱夜風《はなびしよかぜ》にはなにもない。積み上げてきた努力も、突出したセンスも。ただ、一度見たものを覚えられるだけ。けれど、この世に存在しないものは見ることができない。そして朱門塚女《しゆもんづかじよ》学院《がくいん》の生徒は、この世に存在しないものをつくろうと切磋《せつさ》琢磨《たくま》している。

「棗《なつめ》さんに限らず、自分の見たものをそのまま他人の頭の中に投写できるわけない。一度別の媒体……たとえば言語とか、棗《なつめ》さんがよく使う画用紙やキャンバスにアウトプットして伝える必要があるし、その過程でどうしても齟齬《そご》は出るでしょ」

「そうなの？」

「そうなのって……」

あっけらかんと答えた棗《なつめ》さんに絶句する。しかしなおも彼女は続けた。

「かならずしも齟齬《そご》が出るわけじゃなく、ただ齟齬《そご》が出る可能性が高いだけじゃん。互いの認識を何度も擦り合わせて解釈を統一すれば不可能じゃないよ」

「それは理論上の話で……もっと理性的に考えてよ」

「あたしに理性を求めないで」

突拍子もないことを宣言される。

「そんなもん芸術に不要でしょ？　違う？」

そして彼女はすっくと立ち上がり、自らのデスクに向かう。

いつにも増して雑然とした机の上から、見覚えのある紙の束を取り出して。

「あたしのつくった舞台構想。見て」

「……同じような絵がいくつもあるけど」

「同じような、でしょ？　同じ絵じゃないでしょ？」

「え……？」

「もう一度、ちゃんと見て」

棗《なつめ》さんの真剣な声に、ぼくは目を閉じて画用紙の構成を思い出す。

ステージを示す直方体の上に、人をあらわす記号。

大雑把に捉えれば、それだけのもの。

しかし別の画用紙には、人の位置だけが変わった状態で描かれていて。

「ちなみにあのイメージ図、ぜんぶで何枚あるかわかる？」

棗《なつめ》さんの問いかけに対し、ぼくは正直に答えた。

「……数えてない。数えていたら覚えているはずだから」

「３００枚くらい描いた気がする」

「さんびゃく⁉」

素っ頓狂な声をあげてしまった。確かにありえない量の紙束だったけれど、そんなにデスクの上にあったなんて……というか、３００枚の画用紙を置いてあるのが不自然でないと思わせてしまう状況もおかしいのだけれど。

「あれは夜風《よかぜ》が本番でする動きをそのまま投影したラフだから内容は粗いんだけど、一応ラストまで網羅してる。あとは夜風《よかぜ》の理解度に応じて、本番であたしの考えている演出に沿うようなかたちで再現できるくらいまで枚数を増やしていく感じにしようと思ってる」

「さらに増えるの⁉」

驚愕《きょうがく》するぼくに、棗《なつめ》さんはさらりと答えた。

「粒度を細かくするためには当然じゃん。アニメ、ー、ショ、ン、な、ん、だ、か、ら」

「………アニメーション？」

理解が追いつかず、耳から得た情報をそのままおうむ返しにする。それを質問と捉えたのか、棗《なつめ》さんは詳細に意図を説明しはじめた。

「夜風《よかぜ》は見たものや動きを完璧に覚えて、それを再現できるんでしょ？　でも、静止画に込められた情報だけでは制作者の意図した『動き』を正確に伝えることはできないじゃん？」

「う、うん……うん？」

説明と言っても、あくまで彼女だけの感性に基づいた意思表示だったけれど。

わかるような、わからないような。

「それなら、制作者自身が動きを描くしかないじゃん？　だからアニメーションにした」

ぼくの疑問をよそに、棗《なつめ》さんは結論を口にした。さらに続ける。

「パラパラ漫画って知らない？」

ぼくが首を横に振ると、棗《なつめ》さんは原理をひとつずつ解説してくれた。

動きが連続する複数の静止画の束の端をめくることで、残像効果により各コマが連なってひとつの動画をかたち作る。

「画用紙の束を順番どおりにまとめて、端を綴《と》じるじゃん？　そんで、一気にペラペラめくっていけば、残像効果によって絵が動く映像になる。これがアニメーションの原理」

「はじめて知った……」

「小学生のころ、教科書に落書きしなかった？」

「しなかった……というかぼく、ほぼ学校に通っていなかったから」

「そういえばそうだったね」

他愛のないやりとりの中で、ふと気づく。

わざわざ膨大な手間をかけて、イメージを映像化してくれた……ということは。

あの『夏目《なつめ》』が、ぼくを慮《おもんぱか》って絵を描いてくれた？

「これ……いつから？」

聞くのも野暮だと思ったけれど、どうしても気になった。

これほど大量のラフを、いったいいつから準備していたのか。

答えはとてもシンプルだった。

「夜風《よかぜ》に申請書を渡したときから」

「それって……」

あのときの光景を思い返す。

ぼくは棗《なつめ》さんが記入した用紙を持って皐月《さつき》さんのところへ向かった。中身は確認していなかった。する必要がないと思ったからだ。

結果、皐月《さつき》さんの手に申請書が渡ったのだけれど、その際にはもう『共同作業者』の欄に『花菱風音《はなびしかのん》』と記載されていたことになる。

考えてみればおかしな話だった。

「あのときから、ぼくといっしょに舞台をつくろうとしていた……ってこと?」

「だからそう言ってるじゃん」

「時系列的に、そうでないとありえないのはわかるよ。でも……あの一瞬のやりとりで、ここまで決めていたって……頭が追いつかないよ……」

「一瞬でも、あたしと会話できたじゃん」

思わぬ返しに沈黙してしまう。

「夜風《よかぜ》はあたしとふつうに会話できたじゃん」

そんなことはない。

常日頃から、棗《なつめ》さんとやりとりするたびに『なに言ってるんだこの人』と思ってたし、わがままに振り回されて心の中で悪態をついたこともある。

しかし……。

「めっちゃ話わかるやつが来た！　って、あのとき思った。だから思いついた」

棗《なつめ》さんにとっては、きっと違ったんだな。

情報の整理は追いつかないままだったけれど——不思議と理解できる。

「夜風《よかぜ》がいなきゃあたしは高校生を続けられないし、そもそも穂含祭《ほふみさい》にすら出られていなかった。一方で、夜風《よかぜ》はずっと自分を持たないまま過ごすことになるわけじゃん。だから、あたしが描いたアニメーションを発信するインターフェースとして夜風《よかぜ》を使う。あたしが夜風《よかぜ》を朱門《しゅもん》塚《づか》の生徒である要因そのものにしようと思った——ああ、そうだ」

棗《なつめ》さんは画材の山の中からボールペンを取り出して、画用紙になにかを書き殴りはじめた。

「この作品のタイトルは『比翼連理』にしよう」

「……なに、それ」

知らない単語だったので、意味を尋ねる。

「男女が互いに固く契《ちぎ》り合《あ》うこと」

「……それ、まずくない？」

「なんで？」

「ぼくが男だってことが透ける気がするんだけど……」

「世の中の人は『夏目《なつめ》』の性別なんて知らないでしょ？」

「穂含祭《ほふみさい》で出すんだよ？　女子校の学園祭だよ？」

「そこまで深読みする人いるのかな？」

「いるかもしれないでしょ？」

「でも、タイトルってそういうもんだから。作品をあらわす言葉に嘘《うそ》はつけないよ」

それ以上の反論はできなかった。棗《なつめ》さんがそう言うなら、きっとそうなのだ。

けれど、そんな彼女が――不器用で、無愛想で、無神経で、生きるのが他人よりも下手な棗《なつめ》さんが、ぼくに歩み寄ってくれたという事実。

それを嚙《か》み締《し》めるぼくに、棗《なつめ》さんは続けた。

「あたしが欠けても、夜風《よかぜ》が欠けても、この作品は完成しないわけ。そういうテーマで構想してるから、夜風《よかぜ》が絵筆になってくれないと困るわけ」

「……いつから考えてたの？」

「夜風《よかぜ》がカメラアイを持ってるのに気づいた瞬間、思いついた」

「それって……」

棗《なつめ》さんと出会ったあの日の情景を、記憶から瞬時に手繰り寄せた。

『あなたの姿が記憶にないからです。わたくしは全校生徒の顔と名前を覚えていますから』

あの瞬間から？

「夜風《よかぜ》が男なのはすぐにわかった。あたしには骨格が見えるから。記憶力が抜群にいいのもすぐにわかった。時間と映像を結びつけて覚えているのがわかったから。ほかにもいろいろとわかったけど、総じて言えるのは……あたしと夜風《よかぜ》は根本が同じだってことかな」

「最後の最後でよくわからなくなった」

「だからさ」

棗《なつめ》さんはいつもどおり起伏の少ない表情で、しかし明るい声色で告げた。

「夜風《よかぜ》があたしに力を貸してくれたぶん、あたしが夜風《よかぜ》に結果をあげるよ」

だから力を合わせようと、彼女はそう言った。

これに応えなければ——きっと、ぼくはいままでの自分から脱却できない。

となれば、結論はひとつだ。

ひたむきに、真摯に食らいつくしかない。

彼女の生み出す『当たり前』の景色に、近づくために。

なにかに熱中すると時間の経過がとても早く感じられると言うけれど、それからはまさしく光陰矢の如《ごと》しを地でいく日々だった。1週間が1日に思えるほどに濃密な時のなかで、棗《なつめ》さんと会話を交わした際にこんなことを言われた。

「わかる。体感時間が13時間くらいなのにカレンダー見ると4日くらい経《た》ってることあるよね」

「そこまで時間感覚に乖離《かいり》はないんだけれど……」

とはいえ、彼女の言葉に共感できる経験をしたのは新鮮だった。

同時に、朱門塚女学院《しゅもんづかじょがくいん》の生徒があまり社交的でない理由も納得できる気がした。一心不乱に制作にあたっている最中は、他人に構っている余裕なんてない。なにかに熱中したことのないぼくにとってはとても新鮮な経験で、棗《なつめ》さんの描き出す『比翼連理』の世界観を実体化させるため、彼女の絵筆としてさまざまなエッセンスを吸収する日々を送った。

かつて目にした舞踊の再現に加え、歌舞伎の雄大さ、能のしなやかさなど、感覚的に取り入れられるところはなんでも取り入れるように努めた。

「芸術に触れるのって食事に似てるよね。ひとつひとつが栄養素になって、身体《からだ》のなかに吸収されていく感じがする」

あるとき棗《なつめ》さんがそんなことを口にしていた。やっぱり彼女の表現はどこか独特で、すべてに共感できるとは言えない。けれど、なにかに熱中した経験を持たないぼくは反論材料を持っていない。棗《なつめ》さんに連れていってもらえる新しい世界に、必死に食らいついた。

それもこれも、棗《なつめ》さんの期待に応えるために。

ぼくがなにかに熱中したことがないのは、誰かに期待されたことがないからだ。

穂含祭《ほふみさい》という目標が見つかったことによって、はじめて得た気がする。

すなわち『人生を変える』という、とても抽象的で大きな目標を。

4

「……ほんとうに、あっという間だったな」

寝床から天井を見上げながら思わずつぶやく。

深夜までイラストの案件を進めていた反動ですやすやと寝息を立てている棗《なつめ》さんを横目に、ぼくは新たに仕入れた技術書をひたすら読《よ》み耽《ふけ》っていた。

すべての所作にはテーマやモチーフがある。すなわち、芸能に必要な『理由』が存在することをあらわしている。『見る』ことでしか情報を得られなかったぼくには、本来なら下地にあたる理論がまるっきり欠落している。

したがって、これまで見てきた動作のなかに理屈や技術を当て込まないと、棗《なつめ》さんの描くイメージに合致した動きを組み立てられないのだ。

理論がないとどうなる？

新しい価値を創造できなくなる。

いま、ぼくは棗《なつめ》さんといっしょに作品をつくろうとしている。

彼女が思う言葉と、その言葉からぼくが受けた印象はまるっきり異なる。『絵筆』という言葉ひとつとっても、こちらが想像していた意図とまったく異なる思想が込められていた。

翻《ひるがえ》って、ぼくはなにをするべきか。

ヒントはすでに、小町《こまち》さんが与えてくれていた。

『夜風《よかぜ》さんはとりあえず手数だけ増やしといてな。なるべくいろんな演舞を見たり、思い出したりしといて』

限られた時間のなかで劇場や美術館をいくつも巡った。

書店や図書館に赴いては芸能の資料を頭に叩《たた》き込《こ》んだ。

棗《なつめ》さんがサブマシンとして所持しているタブレットを借りて、動画をたくさん視聴した。

人間が、どのような動作に美しさや優雅さを感じるのか。

美しいと評される動作は、ぼくの知る舞踊のどの部分に所在しているのか。

小町《こまち》さんほど論理的に仮説を立てることはできないし、棗《なつめ》さんのように心象風景を投影して他人の感性をぶん殴るほどの剛腕も、ぼくは持ち合わせていない。

持っている武器はたったひとつ。

この両眼だけ。

「棗《なつめ》さん起きて。今日は穂含祭《ほふみさい》の本番だよ」

「…………あい」

布団《ふとん》を被《かぶ》り直《なお》そうとする手を封じる。そのまま寝床から引《ひ》き摺《ず》り出《だ》すと、棗《なつめ》さんは「やぁだぁ」と駄々をこねる赤子のように嫌がる。容赦はしない。

「なんであたしも起きるんだよぉ。観《み》に行かないってぇ」

「知ってるよ。舞台を観《み》に来いって言ってるんじゃなくて、締め切り近いんでしょ」

「そうだったぁ……」

棗《なつめ》さんの肩を押して浴室に放り込んで、ぼくはクローゼットへと向かう。舞台で着用する衣装の準備はすでに済ませてある。

ぴこん、とスマートフォンがチャットの受信を告げる。画面に目をやると、小町《こまち》さんからのメッセージが届いていた。

『起きてる？』

おはよう、と返信すると、続けてチャットが届いた。

『今日、がんばろうな』

リハーサルはすでに済ませてある。音響と照明を操作するのが小町《こまち》さんの仕事だ。

また、舞台演出についても小町《こまち》さん主導で滞りなく打ち合わせ済みだ。もっとも、すべての段取りが小町《こまち》さんによって周到に練られていて、ぼくは「わかった」を連呼するだけの置物と化していたのだけれど。

やすやすと準備を進めていく小町《こまち》さんは「先に必要なものを割り出して、フローにしたがってひとつひとつ積み上げたら道筋は見えてくるやろ？」と語っていたのだけれど、どう考えても常人にこなせる仕事量ではない。あらためてこの人の凄《すご》さを思い知ったのだが、本人はどこまでも「こんなんは誰にでもできるやろ」と謙虚だった。

『出番は15時25分からやけど、巻く可能性を考えて15時前にはスタンバイしよな。で、そこから逆算して14時には最終確認を終わらせときたいんやけど……いけそう？』

わかった、と返信して身支度を整え、ぼくは部屋を後にする。

去り際に後方から、

「んじゃ、今日はがんばろう」

と、棗《なつめ》さんの声が届いた。

『がんばれ』ではなく『がんばろう』と声をかけてくれたことにくすぐったさを感じる。

作品をいっしょにつくろう、という意思の証左だと思えたから。

だからぼくも、

「うん。がんばろう」

そう返した。

年に数回しか一般開放されないとあって、穂含祭《ほふみさい》当日の朱門塚女学院《しゅもんづかじょがくいん》の敷地内には老若男女《ろうにゃくなんにょ》さまざまな人々が入り乱れていた。正門から校舎にかけては生徒が作製したモニュメントや彫像などが立ち並び、各人が思い思いに鑑賞を楽しんでいる。

校舎の壁面には巨大なサンルーフが設置され、日光が当たらないように水彩画や油彩画が飾られている。その展示場自体も天候によって場所を替えるため直前の設営が必須となり、業者の手配などの際にも手がかかり、教員は大変だ……なんて皐月《さつき》さんが愚痴っていたけれど、あらためてその理由を実感できた気がする。

この学園にやってきてから初めての光景だった。

ひと言で表現すれば非日常と言うほかないけれど、思えばぼくが女性物の衣服を身にまとって女子高生として振る舞うようになってから3ヶ月ほどしか経《た》っていない。そう考えると、これまでの濃密な90日間もぼくにとっては非日常だったのかもしれない。

よし。

開き直る準備はできた。

これまでが非日常であるならば、これから起こることとなんら変わりはない。

——大ホールの舞台につながる、重たい鉄扉《てつび》を開く。

ふと、屋上への出口に手をかけた瞬間を思い出した。あれからすべてがはじまって、今日この場所につながっている。どれかひとつでも欠けてしまえば、ぼくが大きな舞台で人前に立つ機会なんて巡ってこなかったかもしれない。

だから、問題ない。

がんばろう。

決意を込めて、照明の消えた舞台袖へ移動する。

身に纏《まと》う衣装は、羽衣をイメージしたドレス。

ぼくが飛び立つための羽。

足元に注意しながら、そろりそろりと踏み出す。

舞台の上では、ひとつ前の出番の演者たちがダンスを披露していた。

1秒ごとに色彩が変わる鮮やかな照明と、胃袋に響くような重低音の音楽に乗って、躍動感を具現化したかのような舞が観客を熱狂させていく。

舞台の袖から目を凝らすと、そこにはたくさんの目があった。ぼくがこれから対峙《たいじ》する無数の視線。なにも生み出せないぼくが、与えられた翼を携えてこの視線を集めるのだ。

身が竦《すく》みそうになるたびに、棗《なつめ》さんの声を思い出した。

だいじょうぶ。だいじょうぶ。

やがて前の演目が終了して、大きな拍手がホールに響く。演者が出ていく。舞台が暗転して、運営スタッフに背中を押される。ふたたびゆっくりと歩を進める。

視界がホワイトアウトするような錯覚。

同時に、目の奥がじんと熱を持つ。

……舞台照明って、こんなに眩《まばゆ》いものなんだ。

どこか現実感を失ったまま、ぼくはリハーサルで確認した定位置へ向かう。

視界を奪われたことで、脳に焼き付いている場面がより鮮明に描き出される。

棗《なつめ》さんはあれからもラフ画を描き続け、より細部の動きを詰めたアニメーションを制作していた。

ぼくに『動き』を伝えるための設計図。

しかし同時に、まるで鳥が飛び立つかのようなイメージ図も作成していた。

それらは本来なら不要なものだ。

では、なぜ棗《なつめ》さんはそんなものをつくったのか。

大ホールのそこかしこから、感嘆と混乱の声が響いてくる。

「これって、もしかして……」

「『夏目《なつめ》』のイラスト……だよね……」

「ぜったいそうだよ……」

「こんな絵、ほかの人に描けるわけない……」

「でも、どうやって……?」

「どうして高校の学園祭に、わざわざ……?」

しっかりと目に焼き付ける。

棗《なつめ》さんが創造し、小町《こまち》さんが敷いた道筋をたどって、ぼくはこの場に立っている。

はじめての経験。

誰かといっしょに、なにかをつくり上げること。

背後のスクリーンから放たれる反射光の色彩が変わっていく。静寂を具現化したような紺色から、妖艶《ようえん》さを醸《かも》し出《だ》す紫色、そして徐々に熱量を伴う紅蓮《ぐれん》へと。

やがて流れてきた音楽に身を委ねる。

『夜風《よかぜ》、あたしの絵筆になって』

指先、爪先、髪の毛の一筋に至るまで。

棗《なつめ》さんが細かく描いた、いくつもの『動き』。

思考はゆっくりと、それでいて身体《からだ》は迅速に。

動きのイメージを絶やさないように、脳天の位置を棗《なつめ》さんが示した場所へ移動させながら、記憶のなかの流麗な所作を再現していく。

『静』から『動』へ。

浮遊感に身を任せてステージに舞う。糸から放たれた直後の駒が物理法則に身を委ねるように。胸の奥から迫《せ》り上《あ》がってくるような、この熱い脈動の根源はなんだろうか。

スクリーンの光が変化する。

やがて舞台上を静寂が支配して。

ぴたりと停止したぼくの身体《からだ》。

深々と頭《こうべ》を垂れ、観客に向けて一礼する。

ありがとう。

ぼくを見守ってくれて。

この目は一度見たものを忘れない。

それと同じように、ホールを埋める人々の目に、ぼくの姿が長く焼き付けばいいなと思う。

万雷の拍手が視界を包み込むなか、ぼくは舞台を後にした。

終幕

I will inspire your insipid days.

「サンキュー夜風《よかぜ》。これで私の首もつながったぜ」

穂含祭《ほふみさい》の翌日、面談室に呼び出されたぼくを待ち受けていたのは、いかにも上機嫌な様子で鼻歌を口ずさんでいる皐月《さつき》さんだった。開口一番に感謝を述べられたので、なにがなんだかわからないままひとまず「どういたしまして」と告げる。

皐月《さつき》さんは続けざまに、うんと大きく伸びをして清々《すがすが》しい声を上げる。

「入賞だってよ、夜風《よかぜ》たちのステージ。お前には先に伝えておこうと思ってな」

「それはよかったね」

「他人事《ひとごと》だなァ。お前がもぎ取ったんだろ。全校ひっくるめて上位10組しか表彰されねえんだぞ、もっと喜べよ。まあ上位つってもランキングみてえに順位が決まるわけじゃねえけど」

「そもそも、評価制度の詳細をちゃんと知らなかったから、いまひとつ重大性がよくわからない。棗《なつめ》さんが特待生として入賞必須だってことくらいしか覚えていないし」

「そうそう、そこなんだわ。橘棗《たちばななつめ》のグループが入賞したって実績が重要なわけ」

「……それは理解してる。特待生である棗《なつめ》さんが学籍を維持するために、穂含祭《ほふみさい》で高評価を獲得することは至上命令だったもんね」

「そういうこと。ま、これからもいろいろあるかとは思うけど、また頼むわ、夜風《よかぜ》」

「もののついでみたいに頼みごとしないでくれる？　タスクが過積載だよ」

ぼくの抗議をスルーして、皐月《さつき》さんは話題を転換する。

「で、どうだった？　初舞台の感想は」

いつものように明るい口調で……しかし、どことなく母性を感じさせる穏やかな雰囲気で、皐月《さつき》さんが問いかけてくる。

ぼくはすこしだけ考えてから口にする。

「……うまく、言葉であらわせないけど、楽しかったんだと思う」

「なんだその玉虫色の返事は。他人事《ひとごと》かよ」

けらけらと笑いながら、皐月《さつき》さんはぼくの肩をバシバシと叩《たた》いた。痛いよ。

「そうだな……なんつーか、すげーステージだった。私はそう思ったし、ギャラリーも同じ考えだったんじゃねぇかな。よくわからんけどすげー舞台だった」

「そっちこそ抽象的な感想しか言ってなくない？」

「アホか。鑑賞者はそれくらいの温度感でちょうどいいんだよ。芸術や芸能の良《よ》し悪《あ》しなんて観《み》る側それぞれの心の中で勝手に決まるんだから」

「……良《よ》し悪《あ》しはそれぞれの心の中で決まる」

ゆっくりと復唱する。自らの心に定着させるように。

作品を手がけたのがどんな人物で、どんな環境にいて、どんな心理で制作にあたっているのかを鑑賞者は正確に知ることはできない。鑑賞者は作品というデバイスを通し、ちりばめられた要素を体系化して類推することしかできない。

それは棗《なつめ》さんが以前、口にしていたことで、このような実感を今味わっているという事実は――ぼく自身が、作品を制作した証左なのかもしれない。

「『すごい』と評される芸術を目の当《ま》たり《あ》にしたとき、ギャラリーに浮かぶ感情は『よくわからない』。そして大抵の人は、わからないなりに『すごい理由』を探そうとする。けれど、本当に頭抜けてすごいものは、感覚的な『すごさ』だけで周囲を圧倒する」

皐月《さつき》さんはにっこりと笑って問いかけてくる。

「で、どうだった？」

目を閉じて、昨日の情景を思い返す。

ステージ上の自分に向けられる視線、その視線の主ひとりひとりの姿も、表情も、この目はすべてを覚えている。焼き付いて離れない。きっと離れることはない。

ふたたび目を開けると、そこには柔らかな表情を浮かべた皐月《さつき》さんがいる。

純然たる想《おも》いを、ありのまま口にした。

「生まれて初めて、ぼくがぼくでよかったって思えた気がする」

すると、皐月《さつき》さんは頬を緩ませる。

「お前からそういう感情を引き出せたのは、大きな収穫かもな」

どういう意味かと問いかけると、皐月《さつき》さんは脚を組み替えて姿勢を崩した。

「だって夜風《よかぜ》って感情ないじゃん？」

「ほんとうにどういう意味だよ！」

思わず立ち上がりかけるも、「どうどう」と制される。感情がないとこんなふうに反発しないだろ、という意味を込めてややオーバー気味にリアクションしたけれど、「そういうことじゃなくてさ」と皐月《さつき》さんが続けるので耳を傾けた。

「人間ってさ。理不尽な目に遭ったときとか、自分の力ではどうしようもない壁にブチ当たったときなんかに、落ち込んだり、病んだりするもんなんだよ。後ろ向きな人間が弱いんじゃなくて、人間がそういう生き物なの。裏を返せば、どんな逆境でも落ち込まない人間がかならずしも強いってわけじゃない。なにも感じないことを肯定しちまえば、理想の人間は機械だって言ってるのと同義だからな」

「皐月《さつき》さんが急に教師みたいなことを言い始めて驚いてる」

「さっきから教師っぽいこと散々言ってただろうが!」

ぶすっと不機嫌そうになりながらも皐月《さつき》さんは続ける。

「夜風《よかぜ》はさ、いろいろあったじゃん。いろいろあって、いろいろとなかったじゃん?」

「急に語彙が抽象的になったせいでなにも伝わってこないんだけど、ほんとうに教師?」

「だからぁ!」

声を荒らげつつも言葉は止《とど》まらない。

「お前はこれまで、いろいろと受け入れすぎなんだよ。それが諦念に基づくものなのも私は知ってるけどさ。花菱《はなびし》家は女系一族、男子は不要。都合のいい小間使いとして屋敷に置いておかれて、風音《かのん》が寵愛《ちようあい》を受けるさまをずっと見てきた。お前にとって、それは当然の扱いだったのかもしれねえし、事実あたしも社会に出るまで『花菱《はなびし》家はそういうもんだ。よそはよそ、うちはうち』って認識してたわけなんだけど。そんな日々を送るなかで、夜風《よかぜ》は自分から『なにかをやりたい』とか『なにかをしてほしい』みたいな主張ができなくなってただろ」

「……できなくなったというか……しようとすら思わなかったというか」

自分から、誰かになにかを求めた記憶はあまりない。

あまりというか……皆無かもしれない。

すべて当然だと思っていた。思い込んでいた。

そこに自らの意思は介在していない。

『花菱《はなびし》家は女系一族、ゆえに男子は不要である』という境遇も。

風音《かのん》が出奔し、強制的に朱門塚女学院《しゅもんづかじょがくいん》に入学させられることも。

すべてを受け入れていた。花菱夜風《はなびしよかぜ》の運命はすでに決まっているのだと疑わずに。

当たり前のことだと思っていたからこそ、学園に来てからも変わらなかった。

たとえば棗《なつめ》さんから要求を受けたときに、悪態をつきながらもすべてに応じていた。

「環境的な要因があったかもな。生まれた環境が合わなくても、たとえば学校に通ったり、街へ遊びに行ったり、社会に出たりすることで『自分の信じていたふつうのこと』が実は異質なものだっていうズレに気づいたりするもんなんだけどさ。夜風《よかぜ》の場合は、そもそも小学校に児童が少なかったし、おまけに学校も休みがちだったわけで、他人と比べる経験が格段に足りてなかった。ある種洗脳されていたと言い換えてもいい状況だったわけだ」

そんなふうに思ったことはなかったけれど。

そう思わなかったこと自体がズレていたのだと、いまのぼくは知っている。

「もっとも、外の世界を知ることが夜風《よかぜ》の幸せに直結するとは断言できねえけどさ。なにも考えず、強制されることもなく、刺激を受けることもなく、挫折も、後悔も、なにもかもに目を背けて、ただただ流れに身を任せて安穏と生涯を終えるなんてのも、人によっては至上の幸せなんだろうし。私もいろんな人間を見てきたからわかるんだよ」

穂含祭《ほふみさい》を終え、棗《なつめ》さんとぼくの生活や関係性がどのように変わったのかというと――。

「夜風《よかぜ》、コンビニに行く用事をつくって」

「端的に用件を述べてくれない？　なにか欲しいものでもあるの？」

「んじゃデパス買ってきて」

「よく知らないけど、それはコンビニで買えるもの？」

「そんなわけないじゃん」

――なにも変わっていない。結局、棗《なつめ》さんの要望は「片手で食べられるものを買ってきて」というものに落ち着いた。

とある日曜日。もういくつ寝ると夏季休暇という学生にとってはたまらない日々のなかで、学園全体に弛緩《しかん》した雰囲気が流れている……かというと、そんなこともない。朱門塚女学院《しゅもんづかじょがくいん》の生徒は今日も自分自身のアイデアに向き合い、武器を手に戦っている。

そんな生徒のひとりである彼女は、いつもどおりのニュアンスで声をかけてくる。

「どうだった？」

舞台の感想を聞いているのだろう。ぼくはシンプルに答える。

「はじめての経験だった」

「夜風《よかぜ》の立つべき舞台だったんじゃない？」

やはり彼女の主張は難しい。

しかし、そこに反抗心は感じない。彼女なりの労《ねぎら》いだとわかるから。

「あたしの手がけた絵を夜風《よかぜ》がトレースして、動作に落とし込んで披露した。あたしの絵筆として完璧な仕事をした。それは夜風《よかぜ》に与えられた才能の発露だからね」

「相変わらず、棗《なつめ》さんの言葉は難しいね」

「なぜかよく言われる」

思わずぷっと吹き出してしまった。

洗面台へと向かう。半分以上ジョークだったとはいえ、なにかしら買い出しを頼みたいというのは本当だろう。となれば外出する必要が出てくるわけで、つまり身だしなみを整えなければならない。部屋の外へ出るまでにさまざまなフローが必要なのが女子として生活する上でのネックだ。もはや身体《からだ》に染《し》み付《つ》いているので特に苦にも感じていないのだけれど。

そして部屋を出ようと、ドアノブに手をかけたところで――ひとりでに扉が開く。

「あれ？　出かけるとこやったん？」

来訪者は小町《こまち》さんだった。

彼女との関係性も特に変わりはない。強いて言うならば、穂含祭《ほふみさい》が終わった後、部屋に集まってお互いの健闘を讃《たた》え合《あ》ったくらいだ。チームメンバーとして、労《ねぎら》い合《あ》ったくらいだ。

もっとも――そうした経験すら、ぼくにとっては新鮮な出来事だったけど。

「ちょうどよかった。夜風《よかぜ》さんも誘おうと思ってな。先週から郊外のでっかい美術館で建築美術の企画展が始まってるんや。レポで見たんやけどな、展示物のなかにヤバい部屋があるらしくて、入った瞬間の圧がとんでもないんやって。どんなんか気になるやろ？」

「一気にしゃべられると困るのですが……『圧』とはなんですか⁇」

「五角形の部屋でな、それぞれの辺の長さが違うんや。遠近感がバグってとんでもない威圧感が得られるらしいで。気になるやろ？」

「わたくし、そんなものを見てだいじょうぶなのでしょうか……？」

「ふとした拍子に思い出して目の前の遠近感がおかしくなったりしたらオモロそうやな！」

「面白がるところですか……？」

とはいえ興味がないと言えば嘘《うそ》になる。穂含祭《ほふみさい》を終えてから、ぼくの心のなかの芸術に対する関心は明らかに高まっていた。

「……ひとまず、買い出しが終わってからでいいでしょうか？」

「それくらいならええけど、遠出するんやったら帰りに手伝うで？」

「あまり遅いと棗《なつめ》さんが餓死するので……」

「呼んだ？　あたしの話してる？」

ぼくの言葉に反応した棗《なつめ》さんが背後から声をかけてくる。

「話がややこしくなるから、そのまま絵を描いていてほしかった……」

額に手を当てて肩を落とすぼくの脇から、小町《こまち》さんが部屋を覗《のぞ》き込《こ》む。

「なあ、棗《なつめ》さんも行く？」

「なんで？」

「美術館とか興味ないんか？　自分の作品が展示されてたりするんやろ？」

「そもそもあたしは美術に興味があるのかどうかすら自分でもわかってないし……それに」

小町《こまち》さんはなんの気なしに尋ねた。仲のいいクラスメイトを放課後に誘うとき、きっとこんな感じなんだろうなと思う。

対する返答は、やはりというか。

「――やっぱり外は怖いから。行くならふたりで行ってきて」

想像どおりだった。

「なんかごめんな、気ぃ遣わせて」

「小町《こまち》に気を遣った記憶なんてないけど」

「せやったな」

小町《こまち》さんはクスッと笑みをこぼす。

棗《なつめ》さんが外の世界に出られる日が来るのかどうかはわからない。

きっと彼女自身もわからないと思う。

――外の世界を知ることが、棗《なつめ》さんの幸せに直結するとは断言できない。

だから無理強いなんてしない。

できるのは、代案を提示することだけ。

「写真じゃ臨場感は伝わらないだろうから、わたくしがしっかり見てきますね」

「夜風《よかぜ》をバイパスにした場合、言語化能力に一抹の不安がありそうだけど、別にいいか」

そう言いつつ、棗《なつめ》さんはデスクに向き直った。

「いまのうちに描いておきたいものがあるんだ。前までは見えなかったものが、なんとなく見えるようになったから。たぶん夜風《よかぜ》と小町《こまち》のおかげだと思う。だから、忘れないように描いとく。そっちはそっちで好きにやってきて。あと、食事は適当に済ませるから心配しないで」

と、ぶっきらぼうに口にした。

「楽しみにしててね」

「うん。とても楽しみにしてる。『夏目《なつめ》』の新作」

ぼくは小町《こまち》さんとともに学生寮を後にする。

エレベーターに乗り込んで地上へ下りて、外の世界へ。

だんだんと気候が夏に寄ってきた。雨天が続いていたなか、幸いにも今日は晴れている。絶好の外出日和だろう。小町《こまち》さんのことだから、きっとこの天気もお誘いの理由のひとつなのだろう。ぼくや棗《なつめ》さんから見れば明らかな才能だと思う。

「あっ」

しばらく並んで歩いたところで、ふと思い出した。

「どうしたん？　なんか忘れもの？」

「皐月《さつき》さんに呼び出されてましして」

「先にそっちの用事済ませよか？　まだ時間あるやろし」

「別に無視しても問題ないとは思いますが……でもあの人、拗《す》ねるからなぁ……」

「そんな大事な話なん？」

「わたくしたちの演舞で使った、棗《なつめ》さんのアニメーションイラスト。あれを番組で使わせてほしいってオファーが来ているらしくて」

「そうなんや。ウチが窓口に立ってもええけど？」

「棗《なつめ》さんが決めること、わたくしが伝書鳩《でんしょばと》になってさっさと済ませますよ」

ぼくたちがしていることはとても非効率的で、時間の無駄遣いだ。

もっと器用に過ごせれば——生きるのが上手《うま》くなるんだろうなと思う。

けれどこうして、ぼくが知らなかった日常風景に溶け込むことは……決して悪くない。

「なんていうか、棗《なつめ》さんと夜風《よかぜ》さんって……」

そこまで口にして、とたんに小町《こまち》さんは黙る。

「……なにか言おうとしました？」

ぼくが問いただすと、彼女は「あー」とか「うーん」とか「この表現が正しいんかよくわからへんねんけど」などと言葉を濁し、頬を ポリポリと掻《か》きながら口にした。

「比翼連理やな……って思ってな」

「……作品のおさらい？」

「棗《なつめ》さんのことやから、いろいろと勘ぐってまうな」

「どういう意味ですか……？」

疑問が顔に出ていたのだろう、ぼくが口を開く前に小町《こまち》さんは先を続けた。

「端的に表現するなら『お似合い』ってことかなぁ。ウチも上手《うま》く言われへんねん」

ぼくと棗《なつめ》さんがお似合い？　どこが？

お似合いか、そうでないかは大した問題ではないのだけれど、無意識のうちに棗《なつめ》さんと出会った光景を思い出してしまう。

どうしてなのか自問自答してみると、すぐに結論にたどり着いた。

「どんな言葉であらわせばいいのか、まだわかりませんが……棗《なつめ》さんの描く景色を、これから隣で見られるのなら……わたくしはきっと、すごく幸せなんだろうなと思います」

「しかも一度見たものは忘れへんのやろ？　なら一生幸せやん」

「それなら……幸せが飽和しないように、わたくしも頑張らないと、ですね」

「その意気やでぇ！」

「痛ぁッ！」

勢いよく背中を張られて、思わず絶叫する。

悩みの絶えない、それでいて居心地の悪くない歪《いびつ》な学校生活は、まだまだ続くようだ。

部屋の扉を開けると、棗《なつめ》さんはキャンバスに油絵の具を塗り付けていた。

今日はタブレットやスケッチブックではなく油彩画らしい。相変わらずドアの開く音にも動じずキャンバスに集中している。

そんな彼女に、ぼくはいつもどおり声をかける。

「次はなにをつくるの？」

こちらに気付いた棗《なつめ》さんがゆっくりと振り向いて、口を開いた。

「ねえ。庭園の噴水ってやっぱり邪魔だよね？」

やはり会話になっていない。

けれど、彼女の中では筋が通っている。つながっている。

「邪魔だったらどうするの？」

「邪魔だって素直な気持ちを描くかなぁ」

初めて出会ったときは、彼女の言動に困惑してなにも応えられなかったけれど――いまならこうして言葉を交わせる。

だから本題に入る前に、こんなことを尋ねてみた。

「高校生活、やってみてどうだった？」

彼女はいつもどおり表情ひとつ変えずに答えた。

「もうちょい続けてみようかなぁと思った。いい絵筆と出会ったからね」

そしてまた、ぼくたちの高校生活《にちじょう》が始まる。

？？？

I will inspire your insipid days.

『──あいつも少しは自信がついたんじゃねぇかな。舞台に向かうときの目つき、別人みてぇになってたぜ。私、ちょっと泣きそうだったからなァ』

「ふうん」

スマートフォンのスピーカーから聞こえる声はわかりやすく高揚している。でも、もともとハイテンションな人だからある意味いつもどおりの語り口なんだろう。

ただ、まさかあの子についてここまで楽しそうに話すなんて意外だなぁ。

とはいっても、皐月《さつき》はもともとあの子の処遇について、花菱《はなびし》家の親族会議で異論を唱えて疎《うと》まれたりしていたわけだから、別段不自然なことではないけどね。

「そっか。夜風《よかぜ》は元気にしてるんだね」

『はじめは屋敷を飛び出した誰かさんの身勝手な振る舞いに不満タラタラだったけどなァ』

「へー、自分勝手な人もいるもんだね」

『誰のことだと思ってやがるんだ……』

「どう考えてもあたしだねー」

『笑いごとじゃねぇっつうの！　でも……まぁ、アレだ。お前も元気そうで何よりだわ』

「えー？　あたしが元気じゃない瞬間が1秒でもあったー？」

『こういう仕事してるとな、周りに弱みを見せねぇまま潰れちまう青少年をたくさん目にするんだよ。お前が私たちに隠れて泣いてたとしても驚かねぇよ』

「は？」

耳元からギリギリと軋《きし》むような音が聞こえて、思わず目を向けると、手にしていたスマホをあたし自身が握りしめる音だった。

『なんだ？　図星突かれて怒っちゃったか～？』

「皐月《さつき》のそういうとこ、ほんと好き」

『夜風《よかぜ》、最近お前に似てきたよ。やっぱり姉弟《きようだい》なんだなァ。周りの天才に引き上げられるかたちで舞台を経験できたわけだし、次はもう一歩進んで、自分でやりたい舞台を――』

「それはあんまり関係ないかなぁ」

『……どういう意味だ？　お前、なに考えてる？』

言葉を遮ると、怪訝《けげん》そうな声が聞こえてきた。

「どういう意味もなにも、そのままの意味だよ。関係ない。アレはあたしのものなんだから」

『おいッ！　待――』

返答を待たずに通信を切断する。これ以上続ける必要はないし。

陰鬱な感情を振り払うように、思い切り背中を伸ばした。

そっかぁ。

生まれちゃったかぁ、自我。

「じゃあ、芽生えちゃった感情ごと——お姉ちゃんが貰《もら》っちゃおうかな」

いいよね。かわいい弟《よかぜ》？

【了】

ベキッ‥

あとがき　『キャラクターから出てきたことば』

私はもともとExcelのシートを使って首尾一貫のプロットをガチガチに固め、全体のシーン数を管理し、目安のページ数を把握した上で「だいたいこの部分でこういう問題が発生して、こう解決するよね」と確認した上で、バラバラに原稿を作っていく作家です。

たとえば『インフルエンス・インシデント』の2巻は、先に3章、その後に2章、次に最終章……といった行程で取り掛かっていました。書きたいときに書きたいシーンを書く『鉄は熱いうちに打ってまえ理論』で、めちゃめちゃカロリーの高い物語を意味不明なスピーディーさで仕上げられたのですが、その制作過程で別の可能性にも気づいたのです。

『あえてプロットを立てなければ、著者にとって想定外の面白さが生まれるのでは？』

そう担当編集の森さんにポロッと漏らしたところ「うまくいけば、その作りかたで登場人物の感情をより引き出せるかもしれませんね」とOKをいただいて着手することになりました。

ここからややこしい話をします。

俗にエロゲと呼ばれる作品群の中には『男の子が女装して女性だけの学園に通う』というシチュエーションの作品がたくさんありまして、デビュー作の完結後に「次はそういうのがやりたいなぁ」なんて漠然と思っていました。しかし自分の頭の中から登場人物の人格を切り離して対話させていくなかで、当初漠然と構想していた『女装学園もの』のラブコメ展開からはどんどんかけ離れて行きました。自己肯定感の低い夜風《よかぜ》さんは状況が変わってもなかなか自分を信じ切れず、棗《なつめ》さんは独自の思考回路で導き出したことばの一部しか表に出さず、一度心が折れた小町《こまち》さんは自分を変えようとがむしゃらに他人を引っ張ろうとします。

基本的に内向的な夜風《よかぜ》さんの視点で物語が進むため、見えない部分で頑張る小町《こまち》や、ほんとうは初めて出来た友達にすごく心を開いている棗《なつめ》さんの態度が肯定的に映りません。これは著者の視点からすればもどかしい事態です。しかし、一方で作中の各人物にとっては『動こうと思えるまで動けない状態』こそが紛れもない真実です。登場人物が見ている日常《せかい》を、夜風《よかぜ》さんや棗《なつめ》さんを中継デバイスとして受信した著者が書き留めたものが、今作『あんたで日常《せかい》を彩《いろど》りたい』ということになります。キャラクターから出てきたことばに著者の意思は介在しておらず、純粋に彼らの人格から発されているわけですね。彼らの言葉のどこかに共感していただける読者の方がおられましたら、書き留めた甲斐《かい》があるというものです。ややこしい話おわり。

日常を彩《いろど》っていく登場人物たちを現出させてくださったみれあさん、ならびに担当編集の森さん、電撃文庫編集部のみなさん、そして読者のみなさんに心から感謝いたします。

ところで、感謝ついでに読者のみなさんへ耳よりな情報。『電撃ノベコミ＋』というサイトで『あんたで日常《せかい》を彩《いろど》りたい』の続き、つまり2巻部分を読めます。担当編集の森さんが奮闘しておられるのでぜひ覗《のぞ》いてみてください。著者は著者でぼちぼちがんばります。ほなまた。

2024年1月　駿馬《しゅんめ》京《けい》

◉駿馬　京著作リスト

「インフルエンス・インシデント　Case：01　男の娘配信者・神村まゆの場合」（電撃文庫）
「インフルエンス・インシデント　Case：02　元子役配信者・春日夜鶴の場合」（同）
「インフルエンス・インシデント　Case：03　粛清者・茜谷深紅の場合」（同）
「あんたで日常《せかい》を彩りたい」（同）

本書に対するご意見、ご感想をお寄せください。

ファンレターあて先
〒102-8177　東京都千代田区富士見2-13-3
電撃文庫編集部
「駿馬 京先生」係
「みれあ先生」係

本書は、「電撃ノベコミ+」に掲載された『あんたで日常（せかい）を彩りたい』を加筆・修正したものです。

電撃文庫

あんたで日常《せかい》を彩《いろど》りたい

駿馬《しゅんめ》 京《けい》

2024年３月10日　初版発行

発行者　山下直久
発行　株式会社KADOKAWA
〒102-8177　東京都千代田区富士見2-13-3
0570-002-301（ナビダイヤル）
装丁者　荻窪裕司（META＋MANIERA）
印刷　株式会社暁印刷
製本　株式会社暁印刷

●お問い合わせ
https://www.kadokawa.co.jp/（「お問い合わせ」へお進みください）
※内容によっては、お答えできない場合があります。
※サポートは日本国内のみとさせていただきます。
※ Japanese text only

※定価はカバーに表示してあります。

ISBN978-4-04-915140-4　C0193　Printed in Japan

電撃文庫　https://dengekibunko.jp/